一路惶恐

張翎

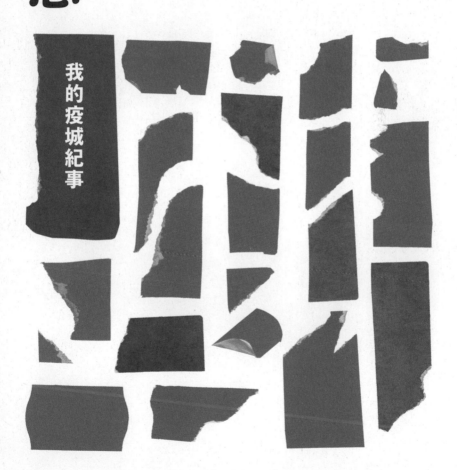

我的疫城紀事

推薦序

當一切不再「正常」、「如常」時……

簡靜惠
洪建全教育文化基金會董事長

當二〇二〇年新冠疫情改變所有的市場規則與社會行為，一切不再正常、如常，人們都在不斷地重新思考與定義自己時……張翎推出這本《一路惶恐——我的疫城紀事》。她不再如常的、沉著而堅毅地找史料，冷靜地、沉著地編故事，寫小說！

這回她寫她自己、寫她自己的城，她的疫城在中國溫州、在加拿大多倫多，跟我們的城，在臺北、在巴黎、在新德里、在……很近、很近！

因為我們的城也如同她的城，都有疫情，也都在經歷進行著：因「疫情而實施的種種措施……」，全世界的城都如是……

張翎是小說家，尤擅長篇小說！她可以在去廣東開平碉樓采風時，因著老屋樓閣衣櫥的一隻玻璃絲襪，寫出史詩般的《金山》；因著在北京機場轉機回加拿大時，在候機室偶翻到一本關於唐山大地震的回憶錄……而寫出《餘震》這樣動人的小說，而後改編成《唐山大地震》，撼動肺腑的電影流傳全世界！

而當二〇一五年，張翎得第一屆銅鐘文學講座，因舞蹈家姚淑芬女士引介，得知了王攀元老畫家的畫和畫背後的故事，而寫出《胭脂》這樣一本縱三生終有回望的書。

「張翎的小說大氣、從容、深情，而且有一種沉實而安靜的品質。她以自己的專注和柔韌，守護傳統價值的光輝，敬畏一切人性的美德，也為它的裂變、劫難作證，並從個人和民族的創傷記憶中領悟生命之重。」以上是張翎得「華語文學傳媒大獎」的授獎辭，說得真是貼切。

然而這回她卻以《一路惶恐——我的疫城紀事》出現，完全不同風格，令人期待！

看到這本《一路惶恐》的初稿時，心情低落，真令人哀傷！這場全球性的疫情打翻了所有人的生活步調，無論用哪一種尺度來衡量，這場百年不遇的新冠病毒大流行，帶來的社會衝擊與經濟損害都是空前的。當疫情改變所有的市場規則與社會行為，一切都不再「正常」、「如常」時，不斷重新思考與定義自己，可能會是每個人今後的人生大事。

推薦序

寫深了親情，道盡了遺憾

廖玉蕙　作家

頻頻以小說在兩岸三地得獎，作品且備受電影人青睞改編的張翎，在新冠病毒肆虐期間，由加拿大、三亞到溫州，再從溫州離開，飛回加拿大，一路飽受驚嚇，援筆寫下當時如置身孤島的疏離與惶恐，其精彩動人絕不下於她慣寫的小說。

題曰「一路惶恐」，「一路」涵蓋蝸居的斗室，也同時囊括孤獨擁有的寬闊街道，像科幻電影裡的虛擬國度，更指涉跟隨她足跡竄流的新冠病毒場域。「惶恐」則無處不在，至今還在世界各地蔓延。

張翎原先是回溫州省親、祝壽的，沒料到一場瘟疫卻猛地飛撲而至，使她在不提防間被困溫州的蝸居中。這小小的蝸居，原被張翎視為上帝刻意用小剪子剪出來送給她的天堂，卻因為疫情之故，成為禁錮她的牢籠。接踵而至的出行限制令，讓她體悟到離開多年的故鄉原來只是地域文化的歸屬感而已；當大難來時，才知道所謂的歸屬感根本是空中樓閣，昔日返鄉原來端賴親友們幫她擋去腳底下的日常瑣碎。在被隔離之後，她根本無能應付在地生活的諸多難題，蝸居的三個禮拜簡直如身在牢獄，而其中刻畫對飢餓的惶恐感受幾可媲美張愛玲的《秧歌》。

這本幾乎是即席記錄的心路歷程，將「惶恐」二字描摹得淋漓盡致。張翎寫作散文，善用對照與小說家細節詳盡的敘述方式：大環境和心境的連結；人物間的對話與互動；孤寒蝸居與宛若空城的高密度刻畫；物質匱乏與人際疏離的憂心；獨自困居斗室的焦慮與攜手偕行的心中太平……小自斗室、大至天地；親如家人，疏若陌路，字字緊扣心弦，讓讀者彷若置身現場，時而感受無比絕望的恐懼，時而慶幸重逢的激動。

我特別傾心張翎筆下的親情描寫，不管母親、哥、嫂或丈夫，在隔離期間，對張翎的牽掛與涉險照應，落到筆端，真力透紙背，感人至深。

她寫出行限制令發布的前兩天，疫情已日趨嚴重，母親卻還堅持由兒子家回自家去洗澡。張翎莽撞地帶著母親在街上走了一圈，後來驚覺這行動猶如拿命去冒風險。坐在計程車裡，她被種種疑慮、懊惱纏繞，把母親送回哥哥家後，對母親大發了脾氣。母親不但沒辯解，甚至沒露出委屈的神情，讓她又後悔、又辛酸。事後，想給母親打電話道歉，最終也因煩擾之事太多而作罷。看到這裡，真是讓人好揪心。

兄妹情深，更引人動容。當她咳嗽、腹瀉，疑似染疫，卻只能惶恐癱軟在地、渾身發抖，哥哥的一通電話使她不顧形象地大哭失聲；哥哥奮力通過「七道崗哨、九次測溫槍、十八只紅袖箍的盤查、再爬三十九級臺階」才送暖到妹妹的蝸居時，讀者應該感同身受地淚如雨下，而讀者對哥哥的大嗓門在寂靜的與世隔絕的大樓裡可能引發的騷動或許也記憶深刻吧！

文章裡，不只寫深了親情，還道盡了遺憾。

老人家的問題不止對整體和主次判斷的失靈，張翎還勻出篇幅敘寫老人家一貫問候和關心的惱人方式。當她好不容易拿到通行證去看年高九十的老母親，母親迎過來，看著她摘下口罩，卻喃喃說：「瘦了，老了。」母親每次見到她，都慣性說幾句關於她外貌變化的話，皺紋多了，臉色不好，胖了，瘦了，頭髮白了……

不僅是對女兒如此，對來訪的客人也說類似的話。她雖屢次告訴母親這樣的話讓人聽了不愉快，母親總是滿腹委屈地反駁：「我只是實話實說啊。」她於是領悟：「一個人一生養成的習慣，那是另一個人用盡三生也無法矯正的。」所以，她放棄反覆糾正母親。只是把這些話撣入一個貼著「負能量」標籤的筐子裡，放置於一個遠離注意力的地方。這是人生歷練後的覺悟，我深覺受惠，不管說話或接話。

關於疫情帶來的後遺症不少，它不但奪走了人們的生命，也讓張翎跟相交多年的朋友分道揚鑣。她遺憾感嘆假如沒有這場瘟疫，可能永遠不知道：「他們其實很早就和我走了一條不同的路。」也許因心存仁厚，張翎對這樣的感嘆並沒有更多的著墨，我猜測更深入的描寫也許將來會出現在虛構的小說裡；因為散文的最後，張翎還念茲在茲，說心中有兩個聲音爭先恐後地發出嘶吼：「聲嘶力竭、各說各話」。

張翎離開了溫州的蝸居，疫情不但還沒停止，它還悄無聲息地跟著回到張翎第二故鄉的多倫多，她因此獲得「傾國傾城」的封號。而我，掩卷之後，還在想著文章裡的伏流，在媒體眾聲喧譁中，如何識別真假訊息？更讓人嘆惋的是，文章中段裡出現的李文亮「看不出明顯的病容，圓圓的大男孩似的臉上，長著一雙澄明透亮的眼睛」。

推薦序

疫情、人性與情感的跨文化深度觀察

須文蔚
國立東華大學
華文文學系特聘教授

當新型冠狀病毒（COVID-19）還像無數狙擊手，在全球潛伏與行軍，隨手帶走亡靈，人類束手無策，只見到每天電視、報紙與網路上，不斷閃現逐日增加的確診與死亡人數，全世界都陷入了數字的麻痺思維狀態。心理學家奇普．希思（Chip Heath）曾提醒世人：「統計數字會讓人改用分析的心態思考，放下感情的思索模式。」那麼面對令人手足無措的黑暗時刻，我們究竟需要什麼？

小說家張翎的紀實散文作品《一路惶恐——我的疫城紀事》

正提供冰冷數字外，更飽含實況與人情的跨文化觀察，讓我想起奈波爾（V. S. Naipaul）的《幽黯國度》（*An Area of Darkness*），都是一趟返鄉之旅，敏感的小說家從紛亂的故土現實中，徘徊記憶與當下，發現了自身文化上的失落與矛盾，也以極大的自省能力，討論不同文明衝突下的應對與無奈。兩位小說家都善於說故事，讀者不自覺地陷入他們的故鄉巷弄與塵土裡的人事中，不自覺陷入一趟驚心動魄的旅行。

張翎長期居住在加拿大，愛好旅遊的她，不少作品在巴黎、亞、臺北寫成，在距離故鄉千萬里的狀況下，書寫舊日溫州不同時代女性的苦難，是她蜚聲國際極其重要的形象。她在《一路惶恐》書中，毫不保留地自剖自己並不真的瞭解原鄉的社會、文化與生活，從一個歸鄉的知名作家，本有排不完的應酬與宴會，到必須回到市井生活的掙扎中，遭遇出行嚴重受限時無論是獨居應付急難時的管制，對疫情期間食物供應的莫名恐慌，閱聽資訊量有限的電視與社群網路，在所有的細節中，無不透露著一個早已習慣於北美一切的作家，在疫城中不但是格格不入，還發現自己要接上母土的歷史與次文化，實際上存在相當的鴻溝，而她以笑中帶淚的幽默與感性筆調，參差對照，精彩無比。

雖然張翎強調：「我從未想過用文字喚醒他人拯救世界——那是上帝和革命家的事，我的寫作僅僅只是一個排毒和止痛的過程，我在寫作中自救。」但她透澈人性的文字直如一把手術刀，劃破了時代偏執、浮誇與對立的膿瘡。

她幾度在書中提醒讀者：「瘟疫在還沒有吃掉人的性命時，就已先吃掉了人的智力和常識。」她在崩潰邊緣閱讀，努力蒐集一切可得的訊息，刪去誇張與聳動的內容，和親愛的家人與友人保持聯繫，在膽戰心驚的時刻，為母親祝壽，也在慌亂中走出圍城。

走出圍城，其實加拿大疫情隨後擴大，無異又陷入另一座圍城。我特別鍾愛她陸續寫下的詩篇，其中〈補習〉一詩，咀嚼日常用語「哨子」、「死亡」、「甩鍋」在疫情中的衍義變化，縱使困坐愁城的她宛如進入補習班，拚命重新學習，也很難趕上如病毒不斷變異的語詞意涵。這一系列充滿血淚的詩句，更貼近張翎的哀痛、懷疑與憤怒，值得用心細讀。

就在我細細捧讀《一路惶恐》一書時，美國罹患新冠病毒過世者，悄悄跨過十萬大關，《紐約時報》在五月二十四日週日報紙頭版上，斗大標題「美國死亡人數接近十萬，這是無法估量的損失」，子標題是：「他們不僅僅是名單上的名字，他們是我們。」《紐時》打破頭版必須有圖片的傳統，蒐集了全美亡者的簡介、整份名單一直綿延到內頁，以有限的篇幅，也僅能揭露近一千個名字。我點開《紐約時報》網路版，人名如流水，就像一首安魂曲，純文字的，如張翎的散文和詩一樣，帶著疼痛與無聲的哭泣。

我在臉書上分享這份哀痛時，張翎在留言區貼上十七世紀英國詩人多恩（John Donne）名詩〈喪鐘為誰而鳴〉（For Whom the Bell Tolls）的幾行詩：「沒有人是孤島……任何人逝去／亦是我損耗……」我心中為之震動。

十七世紀時，如果英格蘭城鎮中有病者進入彌留狀態，教堂都會為之敲響鐘聲，為亡者祈福，也告知生者。詩人提醒讀者，沒有人是完全的自己，而是眾人的一部分，當喪鐘為他人響起，你不要問喪鐘為誰而鳴，喪鐘也是為你而鳴的。張翎的《一路惶恐》不僅僅是她個人的驚險歷程，也是一記一記的鐘聲，在後新冠時代來臨時，仇恨、分裂與隔絕無疑是人性最大的考驗，或許

放下數字與猜疑，讓溫暖的故事熨貼驚惶的人心，是疫苗之外，
人們最需要的藥方。

推薦序

活著，比什麼都重要

朱國珍
作家

張翎以小說家之筆寫散文，卸除精靈的魔法棒，讓我們看到更多人間真相。

小說是Fiction，虛構的藝術，卡爾維諾說：「我們步入虛構森林時必然需與作者立下虛構約定，準備接受野狼開口說話這類的事。」小說世界裡建構的世界也許是叢林，也許是場大型歌舞劇，張翎過去在《金山》、《餘震》、《勞燕》已經成功展演華麗身段。這次，她在《一路惶恐——我的疫城紀事》中，放下獵人的武器，抹去舞台上的胭脂，回歸到人子、人妻與自己的真實身分，娓娓道來「像章魚也像蠍子的蟲子」的新冠病毒，對生活的進犯、威脅與崩解。

只是一場返鄉探親之旅，卻意外搭上有去無回的末班車，農曆春節時節的溫州成為重災區，洋溢著團圓喜氣的數萬鄉親依舊往返於武漢與溫州之間，直到「出行限制令」淪陷了整個城市。張翎囚困在她自己戲稱的蝸居中，親人各分東西，糧食一天天短缺，就連資訊都是不透明的，襲上心頭的全是質疑。以前，只是在小說裡迎戰恐懼，這次，她親臨現場，她盤旋在真相的漩渦裡：「我在信息的海洋裡依照自己的標準艱難地選擇真相。這個世界上也許並不存在真正的絕對意義上的真相，所謂的真相　其實都是一個人依據自己的常識、教養和閱歷，對外部現象進行的某種意義上的篩選。我的真相只對我具有絕對價值。」

真相也讓張翎重新開始認識自己，與家鄉的連結，親人關係，缺乏鍛鍊的體格，以及，幾歲開始閱讀小說？她甚至精準記錄了隔離前後，獨自住在蝸居的六十頓餐飯。直到哥哥給她送飯變得越來越困難，張翎首度在現實生活裡嘗到對飢餓逼近的惶恐，真相讓她領悟，小說中的飢餓與現實的飢餓之間原來還有那麼多罅隙可以繼續捕捉：「困在『蝸居』的日子讓我明白，飢餓有很多張面孔。背井離鄉的苦力們經受的飢餓，不同於陷於愛情之中甘願為男人捨己的女人們所感受的飢餓。而他們的飢餓，又不同於疫城中我的飢餓感受。」

因為缺乏生鮮蔬菜，張翎的口腔開始潰爛，「黏膜像一張滿是洞眼的破布絮，喝水都疼。」對飢餓的惶恐令人焦躁不安，引領神智走入心靈廢墟，張翎描述疫情「奪走了我的自制和專注能力，我現在連一封略長的電郵都不能一次性完成。」她甚至因此對寫作失去信心，質疑自己是否還能繼續寫下去。這個世界因為瘟疫而羅列隔離區塊，讓邊緣越來越邊緣，孤獨越來越孤獨，惶恐越來越惶恐。直到張翎困蹇到必須吃食過期的阿膠酥，她接受了先生的建議打電話叫外賣，在一頓飽足之後，她看到了抗疫良醫李文亮的死訊，那一刻，所有的無意義浮出意義。

「世上再無李文亮，但依舊有太陽。沒有了李文亮的太陽，還會是從前的太陽嗎？就如同這大地，被那些長著猙獰毒針的病毒爬過，並留下一條條黑色的死亡汁液之後，即使再長出一地青草，它還是同樣的春天嗎？」

沒有答案的張翎，帶上重要證件，決定不顧一切外出，申請通行證。隔離期間經歷自性與人性考驗，糾纏出心底最黑暗的記憶——五十多年前的文化大革命，創傷並沒有療癒，它只是被覆蓋。決定走出蝸居大門，張翎選擇面對，在那個下過雨的午後，意外順利獲得通行證，她往哥哥家方向前進，踏上久違的人行道，遲來的夕照彷若戰爭之後的曙光，它捎來憐憫與善意，在入夜之前溫暖拂過每一個人的臉龐。如同張翎離鄉時對九秩高齡的母親所說的最後一句話：「活著，比什麼都重要。」

病毒啟動野狼開口說話的實境，在齧齒邊緣存活是人類本能。張翎用文字記錄「逃生」的語徑，縱然惶恐，縱然在日益撕裂的世界中也必須一路走下去。無論是小說之眼或散文之心，張翎文炳雕龍，疫城紀事囚困不了吶喊的靈魂，因為這本書，我們更加認識的是自己。

自序

井蛙眼中那一片天

前幾日，多倫多城裡一直刮大風，偶爾飄雪。這在北國之地並不稀罕，有時五月還能見到雪花。昨日天終於晴定了，我出門散步。北國的陽光割眼，讓人看著幾乎想流淚。天空的顏色對作家的詞彙存儲量是個考驗：到底是瓦藍，還是湛藍，還是海藍？每個詞都接近，但每個詞都不精準。只有一點是大致可以確定的——那就是沒有人會從這樣的藍裡聯想到死亡。

可是死亡正真真切切地在我們的周圍發生。我不忍低頭細看腳下，因為土地滿目瘡痍。新冠肺炎疫情，已經進入第五個月分。我所在的安大略省乃至整個加拿大，還有相鄰的美國，還有隔著一個大西洋的歐洲各國，都還沒有走過黑暗時期，每天的確診和死亡人數，依然在持續攀升。

這個四月，讚美之詞如刺鯁喉，實在難以出口，時常想起的，卻是艾略特《荒原》裡的詩句：

April is the cruelest month, breeding
Lilacs out of the dead land, mixing
Memory and desire, stirring
Dull roots with spring rain...

四月，殘忍的春天，死亡
的土地上哺育著紫丁香，

在尚未消逝的記憶裡
摻雜著難以滿足的欲望，
用清新的甘露滋潤著
麻木不仁，沉睡的草根……

——許淵沖譯

第一次在網上看到冠狀病毒的圖像，是在武漢封城的當日。或許在這之前它也曾在我的視線中一閃而過，但我心不在焉，並沒有特別留意。

那是一個灰色的圓球，上面長滿了紅色的嘴，或者是刺，看上去像章魚，也像是蠍子。我不懂生物學，也從未在顯微鏡底下觀察過微生物，但我當時就認定那些顏色都是科學家套上去的，因為這樣邪惡的蟲子只配有一種顏色：黑色——那是死亡的顏色。

我第一次看到它時的反應很奇特，我起了一身的雞皮疙瘩。無論後來我又看見它多少次，我的皮膚總是先於我的感官和腦子，對它生出最直接的恐懼和厭惡。

由於這種像章魚也像蠍子的蟲子對人類生活的大舉進犯，我在各種程度的出行受限狀態裡，已經生活了整整三個月。

二〇二〇年一月二十三日，大年二十九，我從三亞趕回家鄉溫州，和家人一起過春節。此行最重要的一個目的，是為母親做九十大壽。由於三亞偏遠的地理位置，也由於自己的漫不經心，我沒有意識到新冠肺炎疫情已在湖北大爆發，也不知道武漢此時正在經歷封城。我在這個錯誤的時間檔口，糊裡糊塗地進入了溫州。

溫州在武漢及周邊地區經商從工就學的人數眾多，其中有一大批人在武漢封城前後以各種渠道回到老家過春節，導致溫州成了全國除湖北所屬城鎮之外的第二大重疫區，被人們謔稱為「湖北省溫州市」。在我抵溫不久，為了儘快抑制疫情，溫州市政府發布了出行限制令，對生活小區進行封閉式管理。

從大年二十九到正月十九，我因疫情困於城內三週。溫州雖然是我的故土，但我去國離鄉已經三十多年，儘管每年回鄉數次，然而每次都是以客人的身分，日常生活都有親友安排照顧。而疫情之下的封閉式管理意想不到地切斷了我在溫州的社會關係，我獨自一人居住在老城區的「蝸居」裡，陷入了為日常生活所需的供應鏈的擔憂之中。我向來生活能力極差，在讀書碼字之外的世界裡是個徹徹底底的「弱智」一族，至此時才深切地意識到：我的「鄉人」身分經不得人間煙火的粗淺考驗，無論平常如何自詡走南闖北見過世面，一場瘟疫可以瞬間將我推入惶恐無助、狼狽不堪的境地之中。

三週之後，我終於離開溫州，回到多倫多。在自我規定的兩週隔離之後，還沒來得及回歸正常的生活軌道，北美疫情大爆發。沒多久，加拿大政府頒布「社交隔離」（social distancing）政策，全國進入除必要服務之外的全面停擺狀態。

中國疫情的至暗時期剛剛過去，世界進入緊急狀態，壞消息接踵而至：義大利告急，緊接著便是西班牙、法國、德國、英國，再接著便是北美的陷落——巴黎和紐約城裡住著好幾位朋友，他們的平安一直牽掛在我心中；加拿大總理夫人蘇菲受到感染，全家老小十七口人進入居家隔離；英國首相鮑里斯．約翰遜①病情危急，一度進入急救室；全球失業人口呈直線上升，原油期貨進入史無前例的負數交易……這三個月裡，每一個夜晚臨睡之前，我都告訴自己：最壞的已經發生過了，世界已沉在谷底，不可能再壞了。可是第二天醒來，才發現只有更壞，而沒有最壞——最壞依舊還行走在途中。

那種像章魚也像蠍子的蟲子，將世界變成了一個巨大的停屍房，剝奪了每一個瀕臨死亡的人和親人告別的權利——那是連罪大惡極的死囚都享有的權利，還有他們給父母送終、看兒女長大的機會。它逼著世界進入停擺，然後冷眼相看人類由此陷入的相互指責廝殺、創傷貧窮。

這是我對病毒的公憤——武漢、溫州、紐約、巴黎、倫敦、多倫多的憤怒中，也有我的一份。

但我還有私仇，因為那種像章魚也像蠍子的蟲子，也奪走了我個人生活中寥寥幾樣的樂趣。

它奪去了我的手帶給我的歡樂。我再也不敢去撫摩新春裡長出的第一朵水仙，鄰居孩子的臉，街上跑過來聞我褲腳的貓，我錢包裡的紙幣，甚至我自己家大門上的把手。

它也奪走了我的腳帶給我的歡樂。國境關閉，公用設施關閉，劇場電影院關閉，商場關閉⋯⋯我那雙季風一來就渴望行走的腳，再也不能帶著我去看望親友，去尋找世界每一個角落的新奇。我的鞋子在櫃子裡漸漸變黃，發霉。我的機票、戲票、音樂會票子成為幾張廢紙。

它也奪去了我思想的快樂，在我的腦子和舌頭之間步下無數障礙。我在說每一句話之前都戰戰兢兢，生怕被歸在某些駭人的陣容之中，儘管我已三十年不再與人群和口號為伍。一場瘟疫除了擷取性命之外，也製造了多少顆玻璃一樣脆弱的心，多少隻鋼錐一樣指向他人的手指，逼著人站在細窄的分界線上，做著非此即彼的艱難抉擇。

它還奪走了幾個我相交了多年的朋友——我不是說他們的生

命，而是說我和他們的友情。假如沒有這場瘟疫，我可能永遠不知道，他們其實很早就和我走了一條不同的路。假如沒有這場瘟疫，我也許永遠不會知道，世界在他們的眼中和在我的眼中，原來是兩個如此截然不同的版本。我憐憫的，他們詛咒；我尊重的，他們不屑一顧；而他們熱衷的，我只能保持沉默。但沉默也是一種冒犯，於是我只能離開，因為我已被他們視為異類。我們從這裡分手，也許還會在某一個山重水複的時刻，重逢於某一條彎道上，也許永遠不會。這樣的生離其實和死別相差不大，我雖然傷心，但也只能接受。道不同不相為謀，古人很早就這樣說過。

最重要的是，那種像章魚也像蠍子的蟲子，還奪走了我對世界的信任。它讓我提防邊界，提防迎面走過的行人，提防天上飛過的鳥，提防腳邊走過的動物，提防盤子裡的食品，提防扯得很響的嗓門，提防文字，提防數據，甚至提防鄰居。前幾天我十幾年的鄰居，一位七十多歲的黑人老太太，給我和先生送來了復活節的蛋糕。我們站在自己的地界裡，遙遙地招手，輕聲地說話，以防飛沫爆炸。她把裝著蛋糕的紙袋放在我們界內的水泥地上，走回她自己的地界，然後示意我們去取，我們只能用嘴型和手勢表達著謝意。

它們，這些蟲子，讓我們活在了一個懷疑一切的世界裡，我深感羞愧。

這是怎樣的一個寒冷荒瘠的冬天啊？我什麼也不能做，除了在散步時看見經過的公共汽車，對司機高高地伸出我的拇指以示感謝；或者在超市購物時，對身邊那個拿著紙巾一次又一次地給櫃檯消毒的服務員，說一聲「你做的，我真心感恩」。一個手勢，一句話，我看見他們疲憊的臉亮了，那一瞬間，我帶給自己的快樂，遠勝過我帶給他們的。當然，我也給需要口罩的朋友送過口罩；給由於疫情取消了演出的劇場，捐獻了購票時的金額。

除此之外，我真是百無一用。

我恨自己不是醫生，不能衝進急救室親手參與救治性命；我恨自己不是比爾．蓋茨，可以一散千金以緩解失業者的窘急；我恨自己不再年輕，不能加入義工行列，哪怕幫著打掃一下醫院的走廊；我甚至恨自己不會開車，不能參與志願送貨者的隊伍，給供應鏈出了問題的老人家們，送一頓熱飯或一包日用品。那種像章魚也像蠍子的蟲子，讓我厭惡了自身。過去我引以為傲的一切，比如知識，比如創造力，比如悲憫之心，比如公德，在這個冬天毫無用處。這個冬天我覺得活在世上是個廢物。

我順著家門前的那條路一直散步，走到住宅附近的公園，走上一片長著綠草的小坡。坡上有一棵樹，開著小小的紅花，從樹下望天，樹的枝幹和花蕾硬朗地舒展開來，把藍天變成一幅線條明晰的剪紙。我仔細觀察，才發覺那些星星點點的紅並不是花，而是芽葉。

我從未見過那樣猩紅的芽葉。那些芽葉是懷著對冬天何等的憤怒，對春天何等的期盼，才能把自己憋成這樣的顏色啊。憤怒和期盼也是一種強盛的生命力，我深感震撼。

不，我並不是完全無能為力，我至少可以記錄下，這個嚴冬裡我所儲藏的情緒。我對自己說。

其實我已經在疫情期間做了一些隨意性的記錄，準備留作以後的寫作素材。我原本無意發表這部散記，因為我覺得塵埃尚未落定。當年我寫《餘震》（後被改編成電影《唐山大地震》）時，離那場地震已經過去了整整三十年。最後我終於決定將那些凌亂的筆記整理發表，是因為一位巴黎友人對我說的一番話。她說等到將來，你終於把一切都想清楚了，也許，你此時飽滿的情緒已經消失。

於是，才有了《一路惶恐》這本書。

我既不是新聞記者，也不是醫護人員，甚至都沒有參與義工服務隊列。我只不過是一個在毫無準備的情況下陷入一段狼狽無措困境的人，我筆下記錄的不是事件和數據——這些資料網上都可以查到，我想還原的是一個糊塗人對外界突發的災難所感受到的哀傷和惶恐。

有過了那樣一段患難與共的相處，溫州對我來說已經不再僅僅是文化土壤和小說靈感——那些詞都太高冷，現在的我，更願意只把她叫作「我的城」。

我在溫州的三週乃至後來的日子裡，武漢人所經歷的悲壯，是一整個世紀之後都還會被銘記的，世界上沒有詞彙可以用來準確地形容他們的創傷、疼痛和勇氣。今天沒有，將來也不會有。與這樣深切的苦難相比，我的經歷至多只能用小小的「不便」和「笨拙」來形容。但我還是努力記錄了我一個人的「現場」，《一路惶恐》裡表達的情緒對我個人而言是真實的。我提供了大時代裡的一個小視角——它是一隻蛙從井口看見的那片天。這片天不代表整個天空，但它代表了井蛙的眼睛。井蛙也有存在的價值——無數個版本的個人記憶匯集在一起，就組成了一個大事件的群體記憶。

但是井蛙不是上帝，也不是電腦。《一路惶恐》是根據當時的一些零散記錄和事後的片段追憶寫成的，無論是在記憶和存錄方面，都有可能存在謬誤。我在此懇請我所珍重的讀者朋友們能夠以寬容和理解之心看待書中可能出現的差錯。

我從事寫作已經二十多年，基本專注於小說創作，儘管近幾年也開始涉足散文和影視編劇，但我極少寫詩。在疫情期間，受各種情緒所驅，我也寫下了一系列詩歌——那其實不過是一些既無韻腳也無意境可言的散亂斷句而已。但那些字行中表現出來的強烈情緒，卻又是以理性為基調的散文所無法替代的。所以我決定把那些隨意寫下的詩取名為「疫中所得」，一併附在此書中，也算是對這段特殊時期的一種非典型紀念。

初稿 二〇二〇年四月二十三日
二稿 二〇二〇年四月二十九日
於乍暖還寒的多倫多家中

①鮑里斯・約翰遜：Boris Johnson，臺灣多譯為「強生」。

我的分歲之旅

這是一個今生今世我都無法忘懷的年夜——
除非在將來的日子裡我患上了失憶症。
我覺得這與許僅僅只是一個荒誕的錯誤，
上天出於我們無法知曉的疏忽，
偶然換錯了日子，
把該有災禍的時辰，
放置到了應該喜慶的那個時間空格之中。
我知道我的鼠年已經開錯了頭，
但我還不知道這個錯會有多大，會為時多久。

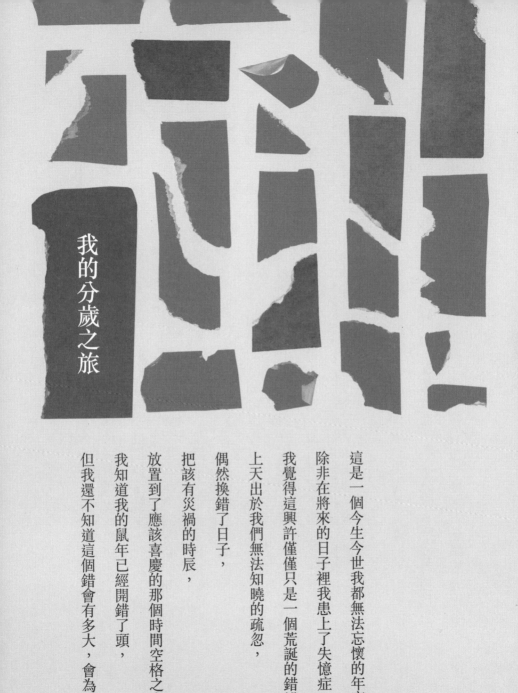

自從一九八六年離開中國到北美留學，我就長久地生活在海外了。三十多年來，我在溫州老家過春節的次數，真是寥寥可數。最初的二十年是因為假期的衝突。由於寫作在很長的一段時間裡都無法維生，我在多倫多一家聽力診所做了十七年的註冊聽力康復師。每年雖有兩週的帶薪假期，但在兩週裡回一趟國，除去國際國內航班的接駁、倒時差、準備返程行裝的時間，去頭掐尾，真正在家待的時間沒有幾天。於是，我就把回國探親的時間段儘量連接在聖誕假期上，這樣在國內的時間可以從容一些。然而這個時間段總是和春節隔著將近一個月，所以，我總也無緣在家過年。近十年來，我終於辭去了聽力康復師職業，成為一個自由作家，旅行計畫不再受工作限制，變得較為靈活，我通常是把出書講學的各種活動和回家探親的時間糅合在一起。

去國離鄉這麼多年，於故土於家，我都是有所虧欠的。於故土來說，我幾乎錯過了改革開放的全過程，錯過了風起雲湧的時代巨變。我沒有和我的同代人一起經歷煙花綻放時的滿天璀璨，但也沒有親身感受煙花燃放過程中遺留的汙垢與灼傷。我已不是參與者——我的參與是在我人生的前三十年，我把我的童年少年和大部分的青年時期，都留給了生我養我的那片土地，但我至今依舊是一個認真執著、大致清醒的觀察者。

以上說的是與故土的糾結感受。而於家，我就不僅是遺憾，並且是愧疚了。在我離去的日子裡，我把贍養父母的責任，完全卸給了我的哥哥和嫂子，我是個沒能盡孝的不肖子孫。所以我儘量彌補，儘管所有的彌補都不過是對我個人良心的些小慰藉而已，對事件本身並無多大幫助。

對付去國離鄉的遺憾，我能擁有的解藥就是對母語的堅守。我在母語和第二語言英語中間，毫不猶豫地選擇了母語寫作。這個選擇是文學意義上的選擇，也是情感意義上的選擇。我用故土的文字書寫故土的故事，二十年如一日孜孜不倦地記錄敘述童年少年和青春時期的種種記憶。母語使我感覺我從未離去，依舊身在故土。

而對家來說，唯一能彌補我長期缺席的，就是儘量創造機會回溫州陪伴家人。但這幾年我回家過春節的次數，依舊屈指可數。自從我從診所辭職之後，記憶中我只回家過過兩個春節。讓我決定不在春節時段回家的原因，主要有兩個。第一個原因很瑣碎，瑣碎得幾乎讓人感覺不值得浪費筆墨，然而它又是那樣實實在在、無法忽略不計——那就是一日三餐的難題。

和國內大部分相對發達的城市一樣，溫州的日常運轉主要依賴於外地工作人口，俗稱打工仔。這些打工仔人數眾多，散落在各個服務行業和個體企業，像工蜂和工蟻一樣，以一己之力，把一個城市扛在肩上。這些人存在的重要性，是在他們缺席的時候才凸顯出來的。

春節期間，大多數外地打工仔回鄉探親，於是，一個巨大的城市機器被猝然卸去了行走的輪子，大部分服務行業和私營企業關門，連出門的出租也是一車難求。要到元宵節前後，回家探親的外地員工才開始返城，都市才慢慢回歸正常軌道。對於我這樣不自己開伙做飯的人來說，在春節期間回家探親，一日三餐就成了巨大問題。

第二個我不願回家過年的原因是氣候。雖然我可以說是一個地地道道的溫州人，但由於我在外邊世界生活得太久了，江南城市三九天裡的陰冷讓我很難適應，極容易感冒。為了不給一年到頭照顧老母親的哥嫂增添更多的麻煩，我決定不在春節期間回家，而選擇去海南島過冬，到接近清明時節再回溫州，和家人一起掃墓祭祖。

但今年是個例外。

我母親今年八十九歲，按溫州人的說法，虛歲就是九十。正月十四是她的生日，我在去三亞過冬之前，就計畫好了回溫州過年，給她過一個像樣的九十大壽。

年底那幾天，我和在溫州的哥哥通過電話和微信反反覆覆地商議著壽宴的具體事宜，如時間、地點、菜品的選擇、需要邀請的賓客人數等等。我和先生也商量好了：他和他的母親會在正月的某個時段來到溫州，一起給我母親暖壽。

這是一個龐大的涉及到三條線路的跨國行動計畫。一條路線是我先生：他將從多倫多出發，經過北京、海口，於一月二十日輾轉抵達三亞，與我和他的母親會合；第二條路線是我——我將在一月二十三日獨自從三亞出發抵達溫州；第三條線路是我先生和他母親——他們將在正月初十之後啟程到溫州與我會合。

這樣一個多頭的旅行計畫，有無數個繁瑣的細節，需要用耐心的熨斗一一撫平。在來來往往的電話、電郵、微信聯繫過程中，我偶爾也會失去耐心。但想到這些細節最終將串聯成一條線，而那條線的終點將是老母親臉上的意外驚喜時，我的心裡便充溢著寧靜。在我人生的這個階段，狂喜如高燒，已經不是常客，我更習慣將寧靜做為常態，就像我在電腦桌面上設置的那個不變的背景畫面。在不知不覺之中，寧靜已經成為我生活中表達快樂和滿足的一種常用形式。

此時我已經在三亞待了差不多一個月。與往年相比，今年三亞的冬天氣候更為宜人，熾熱的日子也有，但只出現一兩天，總會被應時而來的和風細雨切斷，我發現鏡子裡自己的頭髮和皮膚滋潤而有光澤。從臥室的窗口望出去，三亞河兩岸的草地上突然多了許多往年不曾見過的仙鶴。牠們飛起來的時候，翅膀是無聲的，只是藍天卻白了一大片。不飛的時候，牠們在釣魚人的身邊走來走去，人和鳥兒都是如此的寧靜安詳。

現在回想起來，三亞似乎已經知道了後邊將要發生的事情，正在用最好的環境溫潤地滋養我的身體和情緒，使我能夠有足夠的力量來對應後邊幾個星期的惶恐和傷痛。

這兩年我都不處在創作的興奮期，周遭環境發生的各種變化以及出版行業的急劇萎縮，都讓我陷入一種心灰意懶的狀態之中。年少時那種以為文學可以啟蒙思想改變世界的熾烈想法，到此時已是天真。文人無用，我常常發出這樣的感嘆。在思想和語言的雙重鐐銬中，我感覺無力。況且，即使在我的靈感徹底枯竭之前，我寫出了那本至今還沒有輪廓的渴想之書，興許世界早已從我身邊呼嘯而過，我已失去了能夠感知我心靈的讀者。一個冷酷的現實清晰地浮現在我的眼前：其實，無論是過去，現在，還是將來，這個世界都不缺我這一本書。

這個夏天發生了一件事，將我進一步推入了沮喪的心境——我的手機在多倫多的一家健身房被人撬開衣櫃盜走。由於我的疏忽，手機裡的信息一直沒有備份，於是我丟失了三年來千辛萬苦搜集的實地采風資料。我無法想像再去走一趟那樣的路程。即使我的體力和財力允許，我怎能保證那些在生命最後的記憶中珍藏著一角歷史真相的老人們，如今還活在這個世界上？他們還有清晰的腦子和邏輯，再來回憶一遍他們的過往經歷？一種深深的無助和倦怠，將我整個包裹在灰色的抑鬱情緒之中，平生第一次，我厭煩了寫作。

但我沒有停止閱讀。

那一陣子，一位北京朋友向我推薦了墨西哥作家胡安·魯爾福的《佩德羅·巴拉莫》①。我雖然也讀過不少拉美作家的作品，但這個名字對我完全陌生。在閱讀的過程中，我才瞭解到魯爾福是拉美文學大師馬爾克斯②非常欽佩的一位作家。能讓寫出《百年孤獨》③、《霍亂時期的愛情》④的巨匠傾倒的人，在這個世界上應該為數不多。這本書不厚，按漢語文學的標準，大概也就是一個篇幅略長一些的中篇而已，但讀起來卻是前所未有的混亂和費解。

我認真地讀了兩遍，才漸漸地將人物關係按著時空的分界做出了一個大概的梳理，而對文本蘊意的理解，還得留待將來的重複閱讀。我忍不住驚歎一個作家怎麼能有那樣的靈感，可以在生死和時空的不同界面中如此旁若無人，穿梭自如。我坐在住處的陽臺上，眺望著遠處的大海和近處的河流，時間似乎靜止，一切彷彿凝固在一幅油畫之中。剎那間我突然醒悟：魯爾福的靈感，只能來自神諭。

在那段時間裡，世界和世界上發生的事，都離我很遠，我生活在一個安靜純淨的天地裡，甚至和外界都甚少聯繫。現在回想起來，我心裡都會湧上一陣隱隱的感恩——在瘟疫巨大的黑翅朝我們撲過來之前，上天讓我有過了一段相對靜好的時光。

其實那陣子我也在手機新聞中看到過「武漢出現不明原因肺炎」的信息，但我並沒有在意。在一個信息像潮水一樣湧來讓人應接不暇的時代裡，我們會隨手接過一些毫無價值的碎片，為此浪費時間，同時也會信手丟棄一兩樣混雜於碎片之中卻不容錯過的重要信息。在沙丘裡仔細過濾並留意到一小片閃亮的金子，是一件耗費心神的事，我們都懶。所以，那條幾天前看過的信息被我隨意丟棄在腦子的垃圾桶裡。英文裡有個說法叫「It does not register with me」，我始終不知道該如何把它翻譯成精準的漢語，大概就是指這種看是看見了，卻沒有入腦的現象。

一月二十日晚上，我去三亞高鐵站接從海口過來的先生。由於航空公司的原因，他沒能訂到直達機票，只能選擇多程輾轉。我們已經兩個多月不見，他顯得憔悴而疲乏，頭髮衣服和行李上滿是灰土——至少這是我當時的印象。他一隻手推著一大一小兩只背靠背貼在一起的滾輪箱子，另一隻手提著一只大行李箱，像是一個從戰亂之地逃亡而來的難民。

我早已經知道他的行李很多，裡邊裝的不僅是三亞居所裡所需的一些用品，還有我們準備過年回溫州時送給親朋好友的禮物，只是我沒想到他是這樣一副狼狽樣子。

他告訴我：有一只大行李箱摔壞了一隻滾輪，他一路手提著那只瘸了腿的箱子，手臂肌肉拉傷，直到今天都尚未痊癒。那只箱子是我在巴黎的表妹送給我的生日禮物，是一個價格昂貴的高級歐洲品牌——那是一件我打死也不會捨得買的奢侈品。沒想到第一次使用就毀壞了，我心疼不已。

像任何結婚多年的夫妻一樣，我們一路上說的是極為日常的瑣碎：航空公司的野蠻裝卸，索賠的可能性，各樣禮物的分配，多倫多家裡的門戶安全，等等。後來，當我靠著回憶和網上收集的資料把時間線索慢慢理順的時候，我才意識到：就在我們緩慢地行走在三亞高鐵站燈火璀璨的車水馬龍裡、有一搭沒一搭地說著現在想起來絲毫不重要的閒話時，中國頭牌防疫專家鍾南山院士，正在電視臺接受採訪，第一次說出了「人傳人」那三個字。用「驚天動地」來形容那三個字，也未必過分，因為一場席捲全球的疫情，將會在不久之後使世界上許多張全家福照片變成家族遺物。

後來我還知道，就在我們相隔兩個多月之後重聚的那一天，全國已經有兩百一十七例確診病例，其中不包括那些在沒有確診之前已經自癒或者去世的病人。那天，「不明原因的肺炎」有了另外一個名字，叫「新型冠狀病毒感染的肺炎」。

我和先生重聚的日子非常短暫，只有兩天，而這兩天完全被瑣碎家務占據。先生需要卸下並規整行李。由於行程輾轉太多，他從加拿大帶來的禮品——居多是精心包裝的巧克力和糖果，幾乎已全部毀容，我再一次心疼不已——這一類禮物的外表價值遠勝過內核，包裝就是靈魂。同時，我們還需要一起出門採購我準備帶回溫州的三亞土特產，以及先生和婆婆在三亞的過年食品。

我發覺我的行李也有可能超重。除了各種禮品之外，還有從三亞到溫州兩個季節的衣物，要讀的書籍，打印出來的文稿、電腦、各種充電器……我把先生帶過來的越洋禮物從他的箱子裡拿出來，一件一件精心修復它們的妝容，用毛衣和泡泡紙包裹捆綁好，小心翼翼地放入我箱子的某個穩妥角落。當時我壓根沒想到我是在枉費心神——這些帶著我們千里鵝毛般心意的禮物，最終由於疫情爆發、出行受阻而失去了意義，在我斗室的牆角裡堆放了很久，幾乎被我徹底遺忘。

三亞此時完全沉浸在年前的繁忙氣氛之中。對於三亞這樣的旅遊度假城市來說，春節幾乎是一年裡唯一的重大商機。超市極為擁擠，購物車都是擦著身子而過。海灘上的人群從遠處看是一團一團看不出邊界的黑雲，唯一能辨識的是孩子們的歡笑和尖叫聲。夜幕之中的海灘比白天更為喧鬧，月光和街燈之下，錄音機播放的流行音樂，分貝已經到了接近刺耳的程度。廣場大媽們穿戴得花紅柳綠，手持扇子彩帶或者陽傘，在忘我的舞姿中一展風情。美容美髮的店鋪價格大漲，而且已經約不上時間。

我不想在那些長隊裡消耗時光，決定帶著劈裂的指甲和茅草一樣的亂髮，以黃臉婆的本真模樣回溫州——這是我在離開三亞之前做的唯一一個英明決定，因為我在溫州基本沒見到除家人之外的任何他人，所有的化妝品都原封不動地存放在化妝袋中。

在我動手書寫這些文字的時候，我回到加拿大已經兩個多月了，我至今還在想：在瘟疫的爪子已經抓鬆了諸多城市的地基時，為什麼三亞卻有著如此不同的鎮定？三亞彷彿屬於另一個國度，既不參與也不分享此時此刻這片土地的驚恐。在這個信息如此發達的世界，三亞的居民獲取信息的渠道和其他城市應該是完全對等的，可是，北方的陰雲似乎完全沒有抵達三亞的天空。也許是因為四面環繞的大海？海洋銷蝕了陸地文化的焦慮和多疑，海洋使一切變得緩慢從容？

臨行的那個晚上，我幾乎完全沒合眼，一直在擔心出租車能否如約到達。我的神經向來脆弱，幾乎掛不住任何重量。年底三亞的出租車非常緊俏，我已經提前兩天在派車平臺上用雙倍的價格預定了車。可是由於我的住處離機場不遠，這兩天裡不停地接到平臺的通知，告知要替換司機——司機們都在緊緊抓住一年裡最熱火的商機，儘量挑選更遠的路程更有利可圖的訂單，所以在不停地接受新訂單，取消先前的預約。

我的航班是一月二十三日早上六點二十分鐘。那天是大年二十九。我三點鐘就起床了，頭暈腦脹，兩眼乾澀灼熱。臨出門的那一刻，婆婆隨意問我路上要不要帶上個口罩？我隨手拿了兩個，也沒問她怎麼身邊會有口罩，就離開了住處。

司機總算守信，已經等在樓下。我坐進車子，和站在路邊的先生隨意揮了揮手道別，車子就駛進了三亞黎明前的那片青灰色天光之中。我們都不知道就在這個凌晨，武漢剛剛宣布了封城令，當天十點鐘生效。我們也完全沒有預想到：此刻一別，我和他，將經歷三週什麼樣的驚惶，什麼樣的彼此牽掛和煎熬。

到了機場，我驚異地發現，已經有零零散散的旅客戴上了口罩。我從手提包裡拿出婆婆塞給我的口罩，笨拙地戴上，對著手機拍了一張自拍照。當時的心情只是好奇，甚至帶著點小孩的頑皮和興奮，感覺有點像Cosplay。

我此生經歷過幾場大變遷，無論是時代的還是個人的災難，對我來說都不陌生。比如一九六七年文革初期，溫州爆發了聞名全國的激烈武鬥，父母帶著我們舉家逃難——那是我的親身經歷。而一九七六年唐山大地震發生時，我是溫州西郊一家小廠裡的車床操作工。唐山的災難，我是通過當時嚴格控制的新聞渠道和北方親友的來信間接得知的。但這兩場災難，都已經是半個世紀之前的舊事了。即使是我在位於多倫多一家醫院的聽力診所工作時親身經歷的薩斯[5]疫情，離現在也已經過去了整整十七年。在太平年月中生活久了，災禍的記憶已經淡忘。那天在三亞鳳凰機場，當我戴上口罩拍下那張自拍照時，我覺得一切都不過是一場聳人聽聞的虛驚，一個杞人憂天的玩笑，如同一個壓抑的灰色的夢境，有點可怕，但醒來就將一切如常。

航班準點。我登機後，吃過飛機上的早飯就睡著了。睡眠是斷斷續續的，被一個又一個夢境切割成幾分鐘一醒的碎片。在這後來的幾個月中，這樣碎片化的夢境成了我夜晚的常態，完整的睡眠已經是我不敢企及的奢望。那天，就在我迷迷糊糊的睡眠中，武漢的主要外出交通渠道，即機場、高鐵站、碼頭、長途汽車站，正在經歷封城之前的最後擁擠狀態。據媒體報導，還有一些出城的路口在封城令之後仍開放了幾個小時。在這期間，到底有多少武漢人在收緊了的口袋所留下的那個唯一縫隙裡駕車出城，像潮水一樣流向全國（包括溫州），恐怕已經無法精確統計。

到達溫州龍灣機場，取完行李出來，已經接近中午。侄子接我到了我自己的住處，卸下行李，我突然感覺一陣巨大的疲乏山一樣地壓過來。我胡亂吃了點嫂子在冰箱裡為我預備的冷凍食品，幾乎沒有力氣收拾東西，倒頭便睡。我已經打電話告訴母親和哥嫂：今天太累，不聚了；第二天大家再到一起分歲——溫州人把吃年夜飯叫做分歲。

後來我才知道，那天溫州已經確診了六例新冠肺炎病人，他們都有武漢居住史。這個數字在後來的日子裡不斷增長，把溫州推到了全國除湖北省所屬城鎮外最嚴重的疫城的位置——當然，我當時絕對不可能預知。

接下來的情況急轉直下，我感覺每天的氣氛都在發生變化。在太平年月裡，一項社會政策、一紙行政命令從醞釀到頒布到實施，往往需要經過一個季度、一個年度甚至更長的過程。每個城市在做出與市民生活密切相關的決定時，總是要留出少則一個月多則一年的提前預告期。而災難來臨時，尋常日子裡的時間概念會突然產生顛覆性的變化。

回想在一九四九年的大陸，五分鐘的遲疑會導致一個人誤了一班船，而這一班船，又將導致一家人在海峽兩岸長達半個世紀的分離。在一九七六年的唐山，一個待在屋裡還是跑到戶外的決定只需要幾秒鐘，但卻可能決定了一家人的生離死別。

新冠疫情中的許多行政決定，已經無法享有太平歲月裡的那種逍遙和從容，幾乎都是一邊頒布一邊執行的，有的甚至是在執行的過程中再進行大範圍宣傳的。比如溫州五馬大南圈最大型的銀泰百貨商城，就是在出現了幾個疑似病例後，由所在的鹿城區政府於一月二十二日果斷拍板、立即關閉的，而沒有按照常規等待上一級政府的批准，甚至沒有等待這些病例的確診。如果銀泰當時沒有及時關閉，溫州後來的疫情發展會走入一個什麼樣的泥潭？我至今想來，都會不禁打一個寒顫。

這是特殊時期的節奏。我踉踉蹌蹌地跟著這個節奏，一天一天地應對日常生活中的變化，努力適應這個環境中的各種不確定因素。對於溫州來說，我既是鄉人，也是外鄉人。就在那段時間裡，我身上多年來以鄉人自居的傲慢，很快被外鄉人的無知和懵懂所銷蝕。

我天生生活能力極差，在平時回鄉探親的日子裡，因著親人和朋友的呵護和照顧，我的笨拙被稀裡糊塗地掩蓋蒙混了過去。而一旦身處疫情之中，就不可避免地出現了許多需要我獨自面對的時刻，我因此捉襟見肘，一切弱點暴露無遺——那是後話。

我抵達溫州的第二天就是除夕。我中午時分離開自己的住處，步行去往哥哥家。哥嫂決定一家人在中午分歲，而把晚上的時間騰出來專心觀看中央電視臺的春節聯歡晚會——這是每一個家庭除夕夜的標配娛樂節目。由於保姆每年在春節期間都會回家過年，孀居的老母每逢此時都會搬到哥哥家小住。

僅僅相隔一天，我走出門來，就明顯感覺到了氣氛已與昨天不同。街面上車輛已經變得稀少，行人中已經有半數戴上了口罩。原來定下和我們一起分歲的兩位單身姨媽，都打電話來說她們不想出門，就在自己家中獨自分歲。

街面上所有的店鋪都已經關張，因為除夕，也因為疫情。途中我非常驚訝地看見了一家印度飛餅店還在開門營業，店主是一位三十來歲的外地人，生意清淡，正靠著牆玩手機。我問他怎麼這個時候還不回家？他笑笑，說反正今年他不回鄉過年，早一會兒晚一會兒關店都不緊要。我明知哥嫂家裡會有豐盛的分歲餐，卻還是忍不住要了四張飛餅，兩張肉鬆，兩張雞蛋，大約是想給這個辛勞的年輕人掙上一年裡的最後幾個銅板吧。潛意識裡，我大概也猜到了：這會是我在很長的一段時期內從街面上買到的最後一頓熱餐。

我再三交代店主要把麵餅和填料徹底烤熟。他把滾燙的餅包好交給我，我謝過，走了幾步，突然又返回，對他說：「回家吧，別在街上了。」

一家人見了面，一番問候之後，嫂子便鑽進廚房忙活。嫂子年輕的時候，是溫州一家很出名的國營餐館的員工，跟一位名廚做過學徒，嫂子的廚藝接近專業水平。看著她廚房檯面上那些堆得很高的食材，不知為何，我嘆了一口氣。

「我們的食物，是不是要計畫著點吃？」我猶猶豫豫地問。

其實我想說的是「省著點吃」，話到舌尖，卻變成了「計畫」——那是委婉，不是對他們，而是對自己。我在直覺上已經感知了將要發生的事情，可是我不想面對。搶購風潮已經開始，我們後知後覺。我們家的人一貫遲鈍懵懂，我們的消息通常都比別人慢一步，有時還慢三步。

大家都聽懂了我沒說出來的那句話。嫂子沒有立刻回答，但也沒有和我爭辯，只是把幾樣冰凍食品默默地搬回了冰櫃。這完全不是嫂子的性格，嫂子款待客人的方式，是把冰箱掏空。

在吃分歲飯時，哥哥說大年初二的家族大聚會已經取消。外祖母生養眾多，母親家族龐大，有十個兄弟姐妹，各個家庭的第二代、第三代更是不計其數，遍布在世界各大洲，大年初二是在溫州的家族成員的聚會日期——這是已經維繫了一、二十年的家族傳統。母親平日不太能見到第二代、第三代成員，所以對初二的聚會滿懷期待，當時的失望可想而知。

飯桌上我和哥哥還討論了正月十四母親的九十壽辰是否能照常進行。當時我們都還心存僥倖，覺得疫情只是一朵一飄而過的烏雲，下一場雨就過去了。可是那天鳳凰資訊台的新聞，卻讓我們心情沉重。哥哥家訂有鳳凰台，我們感覺鳳凰台的新聞報導比別的台信息量稍微大一些。

也許，事態會比我們想像的嚴重。我對哥哥說。

像許多這個歲數的老年人一樣，母親有時愛抱怨一些在我和哥哥看來很瑣碎的日常小事，但是那天的分歲桌上，母親非常安靜，她似乎已經覺察出了將要發生的災禍。她彷彿又回到了年輕時的那個母親角色，像一隻老母雞，想顫顫巍巍地張開蒼老的翅翼，為她早已成年的子女遮擋風雨，但已力不從心。

那天母親的沉默讓我心酸。

午休過後，我們開始準備晚飯。那天的晚飯吃的是午飯剩下的飯菜，哥哥熱了一鍋酒。哥哥的酒是溫州女人坐月子喝的那種補酒，是在溫熱的黃酒裡打上幾個半生不熟的雞蛋，再放上一點紅糖，暖暖的甜甜的，很容易入口。我喝得並不多，沒超過半碗。也許是旅途勞累，也許是心中有事，幾分鐘後，酒意毫無預兆地湧了上來，腦袋嗡的一聲脹大了幾倍，腳卻只是輕軟。便離開飯桌，一路踩著棉花，坐到了沙發上。

收拾了飯桌，大家便坐下來看春節聯歡晚會。自從一九八三年以來，春節聯歡會已經從不間斷地上演了三十八個年頭，節目的質量，眾說紛紜，但無可辯駁地為娛樂圈子製造了許多明星和熱點話題。大家年年抱怨節目不好看，但是一邊罵，一邊看，年年罵，年年看，形成了一個牢不可破的怪圈。

可是那一晚，大家卻有點心不在焉。屏幕上那些喜慶的燈籠和樂曲，主持人字正腔圓明顯經過無數輪排練的臺詞，演員華麗的衣飾和高昂的語調，突然讓我感覺刺耳。我沒有看黃曆的習慣，家裡也多年沒收藏過農曆，我不知道二〇二〇年一月二十四日這一天，黃曆上標注的到底是什麼樣的「宜」和什麼樣的「忌」。但我心想，這個除夕一定不宜喜慶。酒讓我格外地清醒了起來，我終於在那一刻，真正接受了疫情來臨的現實。

哥哥的菸癮犯了，打開窗戶抽菸，豬年最後的冷風颼颼地灌進屋裡。窗外的天是沉黑的，看不見星星，街對過的樓房裡似乎有燈，但卻聽不見聲響。遠處突然有煙花亮了起來，很短暫，很弱，一閃而過。那些弧線將黑暗剪開一條條裂縫，又很快被夜空吞噬。母親的眼裡，飛過一絲細細的歡喜。

母親不放心，讓我早點回家。我離開哥哥的住處時，大概是晚上九點半左右。那晚走在街上的感覺，幾乎有些不真實。在徹底失去了車流人流的雜聲之後，城市變得完全陌生。從哥哥家步行到我的住處，最多不超過半個小時，我熟悉沿街的每一條弄堂、每一座建築，可我總感覺我走迷了路。我從來沒有這樣孤獨地擁有過一條如此寬如此長的街道。不，那晚我感覺整個地擁有了一座空城，一切都似是而非，像科幻電影裡的虛擬國度。

在路上我和先生通了一個微信電話，我叮囑他一定要在藥鋪開門的第一時間去買口罩和消毒酒精。他讓我住到哥哥家裡，遇上緊急情況可以有人照應。我告訴他我不想這麼做，因為媽媽住在那裡，已經把侄子擠到了書房。況且，我目前的睡眠狀態也只適宜獨居。

放下電話，我才想起來，我們都忘了互道新年祝福。

天並不算太冷，但是有風，風刮得耳朵生疼。那一刻，眼淚突然就流了下來。我已經很久沒哭過，我都不記得上一次是為什麼哭。

這一次我是知道的，我在為母親哭。

一個人活到母親這個歲數，欲望經過時間的洗滌，已經縮水了多次，如今縮進了一個很小的龜殼。在母親九十歲的時候，她最期待的無非是三兩件事：子女平安，保姆能按時返程，春節裡能和家族親人會面。可是今年，母親如此簡單的願望，大多已難以實現。一場與她毫無關聯的瘟疫，奪去了她晚年屈指可數的盼望。我不知道她還有沒有明年可以彌補，我也不知道我有沒有明年可以彌補她今年的缺失。那一朵被煙花照亮的短暫微笑，深深地刺痛了我，可是我不能在她面前哭。我把眼淚忍到了街上，那一刻，我幾乎慶幸街上空無一人。

這只是我的第一場眼淚。這個春節我還會哭很多次。

那晚，我在自己的斗室裡，獨自跨過了從豬年到鼠年的那個重要時刻。這個春節，我幾乎沒有給朋友們發過新年祝福。在這樣巨大的陰影之前，所有的祝福都顯得虛假。我雖然沒有勇氣成為永遠講真話的人——那是英雄，英雄是由上帝揀選的少數幾個人，可是我也不願意違背自己的心思意念對朋友撒謊。

這個春節，我只給少數幾位朋友發了新年問候，基本是下面這個調子：

疫情蔓延，心有憂戚。願你鼠年太平，其他願望都只能退而求其次了。

那天晚上在跨年鐘聲即將敲響的那一刻，我在微信朋友圈裡發了一張圖片，是一個年輕女子在低頭祈禱，上面的祝詞是：

今夜，為那座城，為那些人……

這是一個今生今世我都無法忘懷的年夜——除非在將來的日子裡我患上了失憶症。很多人後來談起這個春節，總要拿歷史上另一個著名的庚子年說事。我不插話，因為我不知該說什麼好。我覺得這興許僅僅只是一個荒誕的錯誤，上天出於我們無法知曉的疏忽，偶然換錯了日子，把該有災禍的時辰，放置到了應該喜慶的那個時間空格之中。

我知道我的鼠年已經開錯了頭，但我還不知道這個錯會有多大，會為時多久。

我直至今天也還不知道。

① 佩德羅・巴拉莫：原書名為*Pedro Páramo*，作者胡安・魯爾福，Juan Rulfo，臺灣譯為魯佛。

② 馬爾克斯：Gabriel García Márquez，臺灣譯為：馬奎斯。

③《百年孤獨》：臺灣譯為《百年孤寂》。

④《霍亂時期的愛情》：臺灣譯為《愛在瘟疫蔓延時》。

⑤ 薩斯：即嚴重急性呼吸道症候群（severe acute respiratory syndrome），簡稱SARS。

蝸居

武漢每死一個人，
我的生命似乎也被切去了一小塊，
我在他人的死中消耗著我自己的生命，
我感覺我每天都比前一天更為羸弱。
我一次一次地提醒自己：
我在「蝸居」裡的日子或許還會很久，
我必須節制地使用我的情緒，
可是我只是無法克制。

從門口到窗戶七步，從窗戶到門口七步。

這是捷克作家尤利烏斯・伏契克《絞刑架下的報告》的第三章〈二六七號牢房〉的開篇語，我在中學語文課本裡讀過。

我上中學時正處在文化大革命中後期，那時候語文課本需經過嚴苛的審查，能夠入選的內容很有限。古文大多是領袖援引過的文章，基本與帝王將相之愚惡以及鄉野民眾之智勇相關，比如「愚公移山」、「矛與盾」、「捕蛇者說」、「陳涉世家」、「苛政猛於虎」等等。詩歌大抵是領袖自己的詩選，偶爾加幾首悲天憫人的李白杜甫。白話文有領袖選著，魯迅檄文，還有一些民間傳說歌謠之類的。外國文學入選的，則更是少之又少，我能想起來的，似乎只有高爾基的《海燕》和伏契克的《絞刑架下的報告》。

伏契克是捷克共產黨員，在二戰期間被德國黨衛軍逮捕入獄，後遭殺害——這是我現在從互聯網上找回的信息。中學時代離今天已過去四十多年了，我早已忘記〈二六七號牢房〉、《絞刑架下的報告》，也忘了作者坐的是誰的牢——那年頭是亂世，牢房太多，今日的牢頭隨時可變為明天的囚犯，反之亦然。我甚至都忘了作者的名字，可是我卻牢牢地記住了上面援引的那句話，大概是因為那話裡簡單的詞語重複所產生的意外節奏和力量感。我後來讀到魯迅〈秋夜〉中那句「牆外有兩株樹，一株是棗樹，還有一株也是棗樹」的話時，我幾乎懷疑魯迅是套用了伏契克，因為魯迅向來喜歡那些「進步」文學。

經過查證，我才知道了自己的無知：魯迅的這個獨特句式比伏契克早發明了二十年，要套也是伏契克套了魯迅。但我沒聽說過伏契克懂中文，他不太可能讀過魯迅的文字，所以我只能武斷地判定：這兩人大約是在不同的時空裡被同一個繆斯雷電般擊中——這都是題外話。

在因疫情被困溫州的三週裡，每當我醒來，從床邊走到窗口，或者在午飯後，從坐著讀書的小沙發站起來，走到靠另一面牆的小書桌時，我都會情不自禁地想起伏契克的這句「七步」語，而且不止一次。我的住處從門到窗，應該超過七步，可從一面牆到另一面牆，卻肯定不到七步，因為房間的總面積，統共也不到三十平米。它只有一個臥室，一小塊用一簾淺綠色的厚布隔出來的早餐空間，還有一個剛好夠我轉一個身的小衛生間，但是沒有客廳。這種布局的公寓房，在加拿大或美國被稱為bachelor，或者studio。

許多作家都會給自己的住所或書房取一個某某齋或者某某軒之類的雅致名號，而我只管這個小窩巢叫「蝸居」，不僅因為我懶，還因為我實事求是——它的確很小。細心一些的讀者會在我的一些文章的最後一頁發現這樣的一行小字：「某年某月某日完稿於／修改於南站蝸居」，說的就是這個窩巢，而「南站」則是它所屬街道的老地名。

「蝸居」是我父親的工作單位分給我們家的一個小住房，建於八十年代初期。在住房普遍緊張的年代裡，我哥哥嫂子和侄子一家三口在這裡居住過多年。後來他們搬進了新居，這個小地方經過幾次出租後，被我接手，找人進行了簡易的裝修，就成了我在溫州落腳時的住處。

「蝸居」坐落在一條死胡同的盡頭，走到外邊的街上大約需要五到七分鐘。巷子很窄也很長，出租車司機都不願開進來，因為掉頭很難。這是一座四層樓的磚房，我住二樓。當年使用的建築材料質量粗劣，房子漏過幾次水，隔音差，也沒有電梯。周圍的房子和它一樣老舊，有一片甚至已經被掛上了「危樓」的牌子。父親在十年前去世，樓裡原先住著的父親工作系統的老同事們，現在也是老的老去，搬離的搬離，剩下的幾乎全是租客，已經沒有幾個我認識的人。

在這樣的一個環境裡，我幾乎無法招待客人。可是十年了，我每次到溫州，都堅持住在「蝸居」，而不是旅館，最重要的原因就是「蝸居」有一片被我戲稱為「上帝的角落」的景致。

從「蝸居」的窗口望出去，有一條河流。溫州人把穿流過城市的河流統稱為塘河，溫州曾經有過幾十條塘河，蜘蛛網一樣地把居民區和街道串聯起來。在大興土木的狂熱年代裡，許多條塘河被泥石填沒，潺潺的流水聲成為了我母親那一代人的淡薄記憶。可是「蝸居」窗外的那條河卻幸運地存留了下來，但我至今不知道它的名字，所以在我的敘述裡，它的名字就是「河」。

河原先顏色渾濁，在氣壓低的日子裡，還冒著臭氣。這幾年治理好了，晴天的時候它是藍色的，下雨的時候它是綠色的，基本澄澈透明。河不寬，站在「蝸居」窗口，能非常清晰地看見對岸尚存的一片草地和幾間老式民房，一籠一籠青瓦頂的瓦縫間，間歇鑽出一些矮小的植物，大都是綠色的。隔一兩天就會有河道清理工撐著小船走過，用長柄的網兜清理河面上的落葉和垃圾。端午時分很遠就能聽見龍舟的鼓聲和划舟人的號子。哎嘿，咚咚。哎嘿，咚咚。

在現代都市的市區裡擁有這樣的一片景致，只能用「運氣」和「神話」來形容。每一次當我站在窗前看到河和河邊的景致時，我心裡就充滿了上帝。我並不總是充滿上帝的，我心裡也經常住著魔鬼，但不是站在「蝸居」窗前的時候。我覺得「蝸居」是上帝用祂的小剪子從世界裡剪出來的一小片，特意送給我的。「蝸居」來自世界，但已經不是世界，「蝸居」是世界之外的一件饋贈，單獨屬於我一個人。

但是疫情改變了一切。疫情讓我懂得我過去之所以喜歡「蝸居」，把它想像成遠離塵世的一小片天堂，僅僅是因為我心裡明白，我手裡捏著回到世界的那把鑰匙。只要願意，我隨時可以丟棄「上帝的角落」，回到世界。而當一個人被囚禁在天堂的時候，天堂和地獄沒有區別。所以，在疫情中被困的那三週裡，「蝸居」就成了我的二六七號牢房。

自從我一月二十三日（大年二十九）從三亞趕回溫州過年，我感覺每天的局勢都在發生變化。這種變化有時甚至不能以天為單位來計算，而是以小時。疫情正將城市裝在一個口袋裡，把袋口的那條繩子一點一點地收緊，我幾乎能聽見繩子抽攏時發出的嗞嗞聲，感受到口袋越來越緊的壓迫感。

一月底到二月初那幾天裡，發生了很多事，一件接一件，幾乎沒有讓人喘息應變的空檔。武漢的疫情越來越嚴重，世界衛生組織宣布新型冠狀病毒疫情為國際關注的突發公共衛生事件，溫州確診人數急劇上升，市政府頒布了「封閉式管理」（即出行限制）條例，輪渡和公共交通系統關閉，部分高速公路進出口封閉，每一戶人家每兩天只允許一人出門採購生活用品。隨後，一些城區又宣布每天晚上十點到次日早上六點之間實行宵禁。

來自加拿大的消息更是雪上加霜——一月底，加拿大航空公司宣布停飛中國航線，加拿大使館發出公告，讓在中國旅行的加拿大公民和僑胞在政府官網上登記，撤僑的信息漫天飛舞。

一位北京朋友給我發來了三張地圖，是武漢、溫州、義烏三地的城內禁行地點標識。溫州那張圖上的禁行標誌的密集程度，甚至超出了武漢。那張圖讓我從「蝸居」的窗口，看到了城市嚴峻的全景。

這是真的，這不是玩笑。我掐著自己的手背，感受到了真切的疼。

惶恐當然是全天下的，不是我一個人的，但在別人的惶恐之上，又有著單屬於我一個人的惶恐。我雖然在這個城市度過童年少年和部分青春時光，至今能講一口天衣無縫的本地話——那是我的第一語言，甚至早於普通話，我可以在我的小說裡大言不慚地聲稱自己是地地道道的溫州人，可現在想來，那只是地域文化的歸屬感而已。一個人在世界上總需要有這樣一個歸屬感來放置肉身和靈魂，才會感覺舒適和安全。

在疫情爆發之前，我從未想過我的歸屬感是空中樓閣。出行限制令發布之後，我在這座城市的社會關係一下子切斷了，空中樓閣式的歸屬感無法解決我在地上的生活難題。假如把溫州比喻作一棵樹，我瞭解的只是她的歷史地理和人文層面，那是她豎立在半空的枝幹和葉子，給我提供無窮的審美和創造力。但我並不瞭解她的衣食住行——那是她在地上錯綜複雜的根系，是我在危難中的求生之道。

我突然醒悟：我過去回溫州小住時的那些日子是不落地的日子，是親人和朋友們在抬著我，幫我擋去了腳底下的日常瑣碎。而現在，我要在毫無準備的狀況下獨自去面對生活的粗糲。

街道的相關工作人員已經給常住居民和經過正式登記的外來人口發放了通行證，而我卻不知道該去哪裡登記，該去哪裡領取我的通行證。我不在當地的戶籍制度之中，我只是一個在不該來的時候稀裡糊塗地走進來、對周遭環境並無清晰概念的人。沒有人能將我準確歸類，因為我處在鄉人和外鄉人中間的那個爛泥潭之中。

常年的海外生活使我成為了一個只懂得按規矩教條辦事、膽小而應變能力極差的人。除了寫作，在很多方面我都是弱智一族。即使我能通過某種尚不得知的程序獲取通行證，我也不知道在我步行距離內有哪些依舊開放的超市和購物點，可以給我提供日常所需。哥哥的通行證只能保證他自己一家人的日常供應，很快他就不能再進入我的小區——那是封閉式管理中不准許的「串門」。

「我是在孤島了。」

我給先生發了一條信息。

先生大急，想馬上訂機票來溫州陪我，卻被我阻止了，因為他即使起飛，也有可能進不了城。即使進了城，也會立刻受到嚴格的排查，可能和我一樣困在城裡。況且，他不能在這個時候把他八十多歲的老母親獨自丟在三亞。

就在那幾天，海外親友紛紛給我發信息打電話，勸我趁國際邊境尚未完全封閉，儘快離開。當時無論是我還是他們都沒有料想到：六週之後，局勢會發生如此戲劇化的逆轉，回國的航班會變得一票難求，大批的海外華人華僑會湧回國內，在入關城市造成嚴重的擁堵，境外輸入病例會成為國內疫情的主要擔憂。

我和先生之前也聊過提前回加拿大的事，但都沒有太當真。當出行限制令發布時，我們才第一次想到了這場瘟疫會不會造成我們的長期分離。後來很多人把出行限制隨意稱作「封城」，其實溫州市區並未像武漢市那樣進入完全封城的狀態，只是對生活小區推行了較為嚴格的封閉式管理。那幾天，我不知怎麼的，就想起了龍應台《大江大海一九四九》裡的那些場景：一次偶然的小耽擱，一班沒有趕上的船，一句隨意的再見，竟成了今生今世身隔兩岸的永別。

我們是大千世界裡的兩個天真漢，總是在生活中重重複複地犯同樣的錯誤：每次出現一個意外狀況，我們總是在事情的初發階段把情況預計得太輕鬆，而在事情進展中間又把結果設想得太嚴重。我們無論經歷過多少事，似乎永遠沒有學會中庸和沉穩。

對長期分離的憂慮是壓在駱駝背上的最後一根稻草，我們終於決定改期提前返回多倫多。加航停飛的那天和第二天一整天，我們都陷入一場巨大的電話混戰之中，不停地給各自的航空公司打電話——他的是海南航空公司，我的是東方航空公司。航空公司的官網已經陷入癱瘓，我們長時間地在線上等候，半個小時，一個小時，兩個小時……電話裡永遠響著背景音樂，偶爾接通，也會在說上兩句話後斷線，一切從頭開始。

在長時間的等候過程裡，我們的手機並沒有閒著。我們在似乎無邊無際的電子顧客長隊中插進一些小空隙，不停地互傳身分證件旅行信息，互報進展，到加拿大政府網站上登記我們的海外旅遊信息，留言告知我們目前所在的位置。我們不知道那天的手機漫遊通話費是多少——那已經是一個可以忽略的細節。那天我的手機是一直插在電源上使用的，它在我的掌心開始發燙，我害怕它隨時會把我炸成一團飛塵。

我始終沒有打通東航的電話。最後先生使用越洋電話打通了東航在多倫多的辦事處，得到了一個值得欣慰的信息：可以改票，請耐心等待通知。

可是通知永遠沒有抵達。

這時一位在疫情爆發前已經回到加拿大的朋友告訴我：在加航停飛後，

近期飛往加拿大的國內航空公司票價已漲到六萬元人民幣。

我驚駭無語。

唯一有用的信息是第三天才到的——那時我們已經決定放棄。這幾年一直幫我安排回國行程的一位旅行社朋友告訴我：東航還有一個空位，但只比我原訂的日期早五天，改期的價格不菲。讓我最終決定不改期的是一位朋友的及時提醒：在目前的狀況下，飛機上感染病毒的可能性，遠大於在「蝸居」裡的死守。

北方的烏雲終於也飛過海洋，抵達了三亞的天空。一月底（或是二月初）的某一天，我在網上看到了三亞封閉部分入口的信息。和當時大部分疫情管理條例一樣，這個通告也是立即執行的。我心急如焚。除了少量當地出產的物品，如水果菜蔬，三亞的日常所需幾乎完全依賴外島的供給鏈——這也是為何三亞物價居高不下的原因之一。一旦外來通道受到阻隔，當地的生活狀況將不堪設想。

我怕先生沒有及時查詢新聞，便立即打電話給他，讓他馬上去一趟超市。我們是耳目愚鈍的人，無論是長隊還是短隊，我們似乎永遠排在隊尾。先生果真還不知封路的信息，放下電話，便飛速跑步去了住處附近的超市，看到的只是空空如也的貨架。

我離開三亞時，婆婆把手邊的兩個口罩都給了我——這是她的全部庫存。沒想到時隔幾日，形勢猝變，三亞滿街都是戴口罩的人，小區也實行了檢測登記制度，而先生和他的老母親卻只能裸著臉出門。

那幾天先生為老人家的口罩費盡了心思。小區裡發送的口罩供應信息，永遠是一場空歡喜。他按照指令去了一個又一個的定點藥房，結果不是地點錯了，就是口罩早已分發完畢。三亞的公交車班次已經銳減，而且即使趕上班次，也怕有感染的風險，他只能徒步尋找藥房，甚至在焦急之中不顧一切走進一家醫院乞討。用「乞討」兩個字並非誇張，他不能把他的老母親置於毫無防護的境況之中，他已經顧不上風度。

沒貨。沒貨。沒貨。

這是先生一次又一次聽見的回覆。

當過兵、腳力相當堅實的先生，領著他出奇皮實的母親，從一條街拐到另一條街，從城市的這頭走到那頭——老人家不肯待在家裡，總是和兒子同進同出。最後他們終於在一家藥房遇到一位心存憐憫的年輕人。那人先是回覆無貨，後又從櫃檯底下偷偷拿出兩個口罩，送給了老人家，他們總算有了最基本的防護。那天回家，他們脫了鞋子才發覺，腳上已滿是血泡。

我到溫州的第二天，我的一位姨媽擔心我沒有防備，從她自己相當有限的庫存中拿出幾個口罩和一小瓶酒精送給了我，救了我的一時之急，但我沒有更多的存貨。那幾天我晝夜不停地在網上瘋狂尋找訂購口罩，為先生，為哥嫂一家，也為我自己。經過無數輪拚搏廝殺，終於以上等絲綢的價格訂到了幾只N95口罩。當包裹經歷千山萬水終於姍姍來遲地抵達溫州和三亞時，我才發現它們不過是一堆比廢紙略好一些的假貨。任何時候都會有毫無廉恥之心想發國難財的人，但我已沒有力氣追究。

那些日子裡，我的心被分成了許多片，一片在擔心遠在三亞的性格有些大大咧咧的先生，一片在擔心習慣了獨居、在別人家裡（哪怕是她的親生兒子家）很難安心生活的母親，一片在擔心為分在兩處的五口之家的日常供應天天奔波的哥嫂，一片在擔心從春節起就沒有休過一天假、只戴著一只簡單的口罩跑新聞、每天在單位食堂吃集體伙食的侄子。當然，我也擔心自己。我擔心自己生病。在這種情況下我出任何事，都會給溫州的親人增加額外的負擔。我盡可能尋找方法來擺脫對自己的擔憂，而操心別人就是一副良方，操心別人使我暫時忘記了自身的困境。

我至此才明白：一個人的心原來擁有如此強大的彈力，它可以扯得那麼稀那麼薄，在似乎馬上要斷的節點上，卻依舊還可以扯得更遠。

由於「蝸居」地處老城區的一個破舊街區，沒有新居民樓那種配備了專門物業管理的門衛制度，它和那些後來建造的現代化小區相比，管理上沒那麼嚴格，出行限制令實施的節奏，也比別的社區略晚一步。出行限制令一旦在「蝸居」所在的社區嚴格實施之後，哥哥便再也無法進入我的住處，所以我利用每一個尚有縫隙的機會，給哥哥發出各樣瑣碎而必要的求援信息：

「下次來時記得帶一點洗潔精。」
「油，一小瓶就夠。」
「有方便麵嗎？兩盒，一盒也行。」
「鍋。我那個鍋沒法在電磁爐上用。」
「有青菜嗎？什麼菜都行，半棵也行。」
「一點點洗衣粉」……

我不禁感嘆：在一個物質如此豐富的世界裡，一個人可以隨時變為一無所有，銀行存款、信用卡可以在瞬間成為一張廢紙。

在出行限制令發布的前兩天，我還做了一件現在想起來極為莽撞的事——我帶著母親在街上走了一圈。那時候，絕大部分人已經待在家裡不出門。

那天母親堅持要回她自己的家，說要取幾件日常用品。母親極愛乾淨，家裡所有的物件都擺置得井井有條，她不喜歡別人動她的東西。可我知道，母親堅持要回家一趟，還有一個重要原因，是她想回去洗澡。冬天洗一次澡對母親來說是一件很麻煩的事，母親的腿腳都不是太靈便，從最初的準備工作到最後的收尾，前前後後洗一次澡要耗費好幾個小時，她不願意長時間占用哥嫂家的衛生間。

那天早上我侄子在上班途中順路開車把母親帶回了家，而下午侄子要加班採訪，就由我步行到母親家，叫上一輛滴滴專車把母親帶回到哥哥家，然後我再步行回自己住處。

那天我帶著母親和她的助步器，坐進了一輛滴滴專車，價格自然已經翻倍。我沒有絲毫怨意，在這樣的時節還跑在街上的人，是拿命去冒風險的，理當值這個錢。我想到的是別的事。這輛車在接我們之前，還去過哪裡？機場？高鐵？長途汽車站？在我們以先坐在我們座位上的，是些什麼人？湖北來的？或許是，武漢？我為自己的這些充滿地域歧視的想法深感羞愧，可是我忍不住。這輛車消過毒嗎？司機的口罩是今天新換的嗎？我搖下窗戶，任憑冷風把頭髮吹成一朵蒲公英。我覺得身上的每一根神經都豎成了多疑的毛刺，我坐如針氈。

把母親送進哥哥的家門，我對母親發了一通火。

「這個時候了，能不那麼固執嗎？在哥家洗一次澡，天會塌嗎？你要是感染了，是你一個人的事嗎？」

大約人老了都會這樣，把眼前的一件小事放大成一座山，而無法看清稍遠一點的大事。老人眼中沒有全局，只有細節。

母親沒有辯解，甚至也沒有表現出委屈的神情，而我發完脾氣就後悔了。母親的願望本來就已經很簡單，瘟疫的爪子又把那些簡單的願望扒拉去了一大半。母親已經捂了一週，她無非是想在自己熟悉的環境裡、在完全不打亂別人生活秩序的情況下，消消停停、自自在在地洗一次澡而已。這個願望對年輕人來說幾乎不算事，在疫情過去生活恢復平靜之後，他們想在哪兒就在哪兒——在浴缸浴亭、在游泳池、在桑拿屋、甚至在河裡海裡，想洗幾次就洗幾次，想洗多久就洗多久。可是對已經九十歲的母親來說，她還有這樣的奢侈嗎？我的這頓脾氣，極有可能使她在哥哥家住得更加惴惴不安，把下一次洗澡的日子，推到更久更遠的某一個日子。

我心酸。想給母親打個電話道歉，可是最終作罷。煩擾我的事情太多了，我已經分不清孰輕孰重。我是不是和母親一樣，也失去了對整體和主次的判斷能力？

送完母親，回到「蝸居」，我突然對那件在路上走過一圈又坐過出租車、染滿了街塵的羽絨大衣生出了極度的厭惡，可我又不知道怎麼處置它，我只好把它扔在了離床鋪最遠的一個角落。

除下口罩和手套，我發瘋一樣地洗手，嘩嘩地浪費著自來水和只剩了一個瓶底的洗手液。終於洗完了，我把自己往床上一扔，覺得四肢都脫落消失了，只剩下一個自行其是的頭腦和身子。一趟尋常日子裡不值一提的小行程，現在卻讓我疲憊不堪。

第二天早上我醒來，發現渾身乏力，喉嚨巨疼，每一次呼吸和吞嚥都彷彿在經歷一場酷刑。我開始斷斷續續地咳嗽（每年冬天我都會時不時地咳嗽）。我去了幾次廁所，不停地腹瀉。我立刻上網查了信息，網上說腸胃症狀也可能是新冠肺炎的一個次要表現。我東翻西找，終於在某個抽屜深處找到了一支老式體溫計，量了體溫，兩次都是三十七・三度C，而我的日常體溫，一直都在三十六・三度C到三十六・五度C之間。

我一下子想起了昨天乘坐的那趟出租車，而那輛出租車，又以光的速度把我帶進了一連串別的聯想：熱線電話，發熱門診，隔離病房，ICU，呼吸機，遺囑……人處在極度緊張狀態時，思維像是散落在地上的字母拼圖，B身邊可能是L，而L可能直接通向Z，次序混亂，中間不需要邏輯聯繫。

我癱軟地坐在了地板上，靠在牆角，渾身發抖。

後來我回想起那天的情形，不禁感嘆：自己寫了這麼多年的小說，卻竟然無法在自己的母語裡找到一個合宜的詞來形容當時的心境。「惶恐」是最接近的，但它依舊離內核隔著一點類似於靴子和皮膚的距離。

Paranoia。

我突然想起了這個從希臘語演繹而來的英文詞。我最早接觸到這個詞，是在復旦大學外文系的課堂上。多年之後我在美國修聽力康復師學位時，再一次碰到了這個詞，卻是從醫學角度上的詮釋。

在希臘文中，它的原意是「偏離正常」。它似乎更能傳神地描述我當時的狀況，只是我找不到這個詞的精準中文翻譯。疑神疑鬼？極度驚恐？妄想症？都是，又都不是。得把這些近義詞像麵團一樣地糅合在一處，再除以我，才能得出一個大致精準的解釋。

Paranoia有著驚人的重量，能把一個平日裡自詡走南闖北見過世面的人，瞬間壓癟，露出可憐可悲的原型。在paranoia面前，知識沒用，閱歷沒用，讀萬卷書行萬里路都沒用。有用的那樣東西我沒有，叫膽識。

Paranoia輕而易舉地制服了我，剝去我的社會偽裝和幾十年才建立起來的常識理性，讓我成為一個沒有教養和邏輯思維能力的村婦。

我掏出手機，給先生發了一條信息：

「真怕和你分開了。」

字不多，卻寫了半天，因為我的手一直在顫抖。

我半天沒有接到他的回信，後來才知道他在睡覺，沒注意看手機。

這時哥哥的電話進來了，問我冰箱的存貨還有多少？中午飯怎麼解決？關於我的一日三餐，那是疫情中一個非常重要的話題，我會留出另一章的篇幅，專門敘述。而在當時，我聽見哥哥的聲音，還沒來得及說出一個字，便已放聲大哭。那天的哭其實根本不是哭，更確切地說應該是「嚎」——和市井婦人毫無區分的嚎，不顧顏面，沒有羞恥。

哥哥被我嚇了一跳，半天才聽懂了我的話。和世界上大多數男人一樣，哥哥不善於說安慰人的話，哥哥能為任何一個失態哀傷的人所擺出的最高姿態，就是替人做一件事。哥哥說他馬上吩咐嫂子做飯，他會給我帶來夠吃兩天量的食品，還有，他會立刻給我尋找家裡現存的感冒藥物。

「你等著我，很快的。」哥哥說。

我終於止住了哭，不是因為我哭夠了，也不是因為我平靜了，而是因為有另外一種比此刻的害怕更巨大的害怕，突然追上來抓住了當前的害怕：「蝸居」的牆面很薄，隔音效果很差，我害怕我的哭聲會傳到鄰居那裡。在這個杯弓蛇影風聲鶴唳的環境，不敢想像這樣的哭聲會招致什麼樣的後果。

我坐在地板上，光著腳，穿著好幾天沒換的睡衣，領子發硬，袖口和前襟泛著一層隱隱的油光。居家的日子裡，「衣」成了最簡單的事，無非就是兩套睡衣輪換著穿，但什麼時候換洗，並不取決於衣服是否髒了，而完全取決於天氣。

「蝸居」裡沒有洗衣機，我只能等待著太陽露臉的時候。那三週裡太陽是件極為稀罕的東西，雨綿長得像一條可以圍著地球繞幾圈的線。只要天一晴，我就立刻開始瘋狂地洗衣服，擰乾了往窗外一掛，水滴滴噠噠嘈嘈雜雜地落在底下那一家的鐵皮雨棚上，通常一兩個小時就安靜了。可是這樣的日子實在太少了，大部分時間裡，我只能聽任衣服和骨頭一起發霉。

我不僅沒換衣服，而且也已經好幾天沒能洗頭了，頭髮髒得打結，幾乎可以聞得見氣味。我頭髮長，天又溼冷，吹風機燒壞了，此刻沒法在網上訂購新的，因為外地的快遞公司已經完全靠不住。

我又冷又餓又髒，坐在地上，怔怔地盯著窗外，想像著哥哥可能要通過七道崗哨、九次測溫槍、十八只紅袖箍的盤查、還要爬過三十九級臺階才能抵達我這裡的情形，心裡回溯著這短短的幾天、卻彷彿已經是幾年的經歷，痛罵自己竟然對早在網上傳播的信息如此漫不經心，以致於選擇在這個時節懵懵懂懂地飛到溫州，置哥哥於如此的風險之中——那可是我唯一的兄長、家中無可替代的頂梁柱啊。

此時，窗外的那條無名之河連同河畔的所有景致，都已經不能讓我想起上帝。這時的我，心裡想的只是凡塵俗世。我渴望有一雙我馬上可以握住的手，把我帶回那個充滿了煙火氣、平日遭夠了我的鄙夷和冷嘲熱諷的世界，那個可以給我吃一頓新鮮熱火的飯，讓我在飯後像一條狗那樣沒心沒肺地睡上一場好覺的世界。

大約一個小時之後，哥哥來了。「蝸居」樓裡的外地租客，大多在疫情爆發之前就已經回家過春節了，樓裡只剩下寥寥幾家老住戶，哥哥的腳步聲在空蕩蕩的樓道裡聽起來有些驚心。我和哥哥電話上說好了，為防止萬一的感染，他把食品口袋掛在門把手上就直接離開，不要和我照面。哥哥不放心，放下食品後又敲了敲門做為暗號。哥哥的敲門聲和他的腳步聲一樣驚天動地。哥哥是個性情中人，從來都是按照「明人不做暗事」的風格行事，忘記了現在是特殊時期。

我的緊鄰是一位子女不住身邊的老阿婆，她是這幢樓裡相對熟悉我的情況並認得我家人的人。她聽見響動馬上打開她家的門，見是我哥，有點驚愕——此時已很少有人還上街串門。她問我哥是來看我的嗎？隔著門，我看不見阿婆的表情，只聽見我哥回答說是給我送飯的。我哥的嗓門向來洪亮，平時無論是說話、咳嗽、議論時政、表達歡樂和憤怒的情緒時，都是氣若長虹。那天哥哥的聲音撞在大樓的牆壁上，發出嚶嚶嗡嗡的迴響，滿樓都聽得見，我真想在他的喉嚨口裝上一個消音器。

我在門裡聽得清門外的一舉一動，卻不知該如何行事。若開門，萬一我已經被感染，我會殃及門外的哥哥和阿婆。若不開門，我會立即引起懷疑。無奈之中，我只好戴上口罩和手套，把門打開一條小縫，拿過哥哥掛在門上的食物口袋，對哥哥使了個眼神，說：「這個時候，別耽擱了，趕緊回家。」立即終止了哥哥和阿婆的對話。

關上門，心猶跳得如同萬馬奔騰。

我再不能，讓哥哥冒這樣的風險了。我對自己說。這話我不是第一次說，也不是最後一次。但都沒用。在那之後，哥哥還是給我送了幾次飯。在一日三餐的嚴酷現實面前，僥倖是最方便的心理藉口。最後一次，這次真的是，最後一次了。

每一次哥哥送飯來，我都是這樣想的。但最後一次之後，又總跟著下一次。負疚和飢餓相爭時，飢餓永遠勝利。

哥哥帶來的口袋很沉，裡邊裝了各種食品，足夠吃兩天，省著點可能是三天。還有一大包清肺鎮火降體溫的中成藥①，母親在一張紙上用蠅頭小楷工工整整地寫上了服用注意事項。我沒細讀那張紙條，因為我知道我不會服用任何一種中藥。我在海外生活久了，周圍認識的醫生也都是西醫，所以我基本不信中藥——這肯定是偏見，但這個偏見經過了幾十年的打磨，已經變成了一塊無比堅硬很難變形的石頭。

我非常餓，卻毫無胃口，但明白我必須吃飯，而且要盡可能多吃。我從嫂子準備的飯食中挑了一些出來，用微波爐加熱過了，勉強吃下。

這時，先生的電話來了。

先生出國前曾經是科班出身的眼科醫生，雖然多年不再行醫，但依舊具備起碼的醫學常識。他隔著電話分析了一下我的各種症狀，認為現階段沒必要驚動任何部門，進醫院或發熱門診，不僅會造成更嚴重的交叉感染，並有可能將家人置於嚴格的排查程序之中，老母親完全經不起這樣的折騰。先生建議我先服用一包加拿大帶來的感冒沖劑，好好睡個午覺，看體溫是否持續上升，再做下一步打算。

喝了藥，我鑽進被子，卻只是覺得冷。那冷不是衣服和被子可以解決的，那冷是來自骨髓的，彷彿骨頭已經經過了冰凍。我在被子上又加蓋了一床厚毯子，打開熱空調和電熱毯，充上了兩個電熱水袋，一個放在腳下，一個窩在懷裡。由於感冒沖劑的鎮靜作用，我終於睡著了，一直睡到傍晚，醒來發現全身衣服已經被汗水溼透。測了體溫，已經降至三十六．三度C，喉嚨和腸胃症狀都有所緩減，只是依舊乏力。我猜想那是連日焦慮所致——情緒對身體的傷害是毋庸置疑的。

感謝上帝，我沒得肺炎。我對自己說。

經過了這一場虛驚，我終於穩定了情緒，接受了「囚禁」的現實。我在「蝸居」的日子也許會很短，也許會遙遙無期。新冠肺炎的確診和死亡數字還在攀升，我不知疫情的走向如何，拐點會在何時出現，此刻連鍾南山院士也不敢輕言。假如在此期間加拿大關閉了邊境，我原先訂的那張回程機票將成為一張廢紙。

我別無選擇，必須安心度日。時間的劃分單位不再是年月星期，更不是從一本書到另一本——寫作已經變得毫不重要。時間單位已經變成了天：今天、明天、後天；上午、中午、晚上。我必須清除情緒的毛刺，不讓它傷及我的身體。我還必須學會計畫使用我所有的庫存，比如食品、調料、口罩、酒精、棉花、洗潔精。我必須把從哥嫂那裡得到的外援降到最低限度，用最少量的精神和身體能量，來最長限度地維持「蝸居」的生存所需。

從那天開始，我和「蝸居」開始了平靜的忍耐和磨合期。

我在「蝸居」的日子基本由三部分組成：閱讀和寫作；看新聞；鍛鍊身體。

寫作其實是掛在閱讀之後的一個幾乎可以忽略的小數點——那陣子我根本沒有心緒動筆。我從三亞帶過來一部已經完工的中篇小說，名為《拯救髮妻》，已有文學期刊決定要發表，但需要我再做一些小改動。也許和那陣子的閱讀相關，在那部小說裡我寫到了死亡，不僅是死亡這起事件，而且是生和死之間的那個模糊的、隨時可以穿越的界限。期刊編輯認為那個跨越很棒。

我在三亞讀完了《卡拉馬佐夫兄弟》②的上冊，就把下冊帶到了溫州。書很厚很沉，為了不枉費路上攜帶的那份勞苦，我強逼著自己讀完了下冊，儘管上冊的閱讀經歷並沒有帶給我多少快樂。歐洲那幾位批判現實主義文學大師，如托爾斯泰、陀思妥耶夫斯基、羅曼．羅蘭、雨果，已經被漢語世界的讀者熱捧了幾十年，但今天來讀他們的作品，我卻感覺有點味同嚼蠟。他們愛在小說裡發表一些氣勢磅礴的宏篇大論，談論哲學歷史宗教人文以及種種社會現象，充滿了教化和規範人心的昭彰企圖，依我看來更多的是在掉書袋，而根本不是小說該有的樣子。

然而我總覺得一個寫小說的人，一輩子沒啃過這些如此著名的大部頭，總歸有些沒臉見人，所以我時不時地要在自己真正喜歡的讀物中，夾雜幾本「完成任務」類的書籍，如同就著冰糖，才能咽下黃連湯藥。我在讀《卡拉馬佐夫兄弟》的時候，同時也在身邊放置了一本馬爾克斯的《活著為了講述》。

我在兩本書之間跳來跳去，當陀思妥耶夫斯基的好為人師讓我感覺窒息的時候，我就翻開《活著為了講述》，看到馬爾克斯在發表之路上遇到的種種挫折和冷遇，我不禁竊喜，覺得自己還不是那個唯一倒楣的人。

憋在「蝸居」的日子裡，我重新撿回了一個自從使用智能手機後就已經丟失了的習慣：我每天認真追蹤電視新聞——《朝聞天下》、《午間新聞》、《東方時空》、《新聞聯播》……在那些欄目裡獲知疫情的最新進展信息。同時，我也會一天數次在手機上查詢國家衛健委的疫情數據更新。

那些新聞和數據，在當時和後來都引來一些質疑：關於採集數據的標準、時段以及歸類方法，關於那些在疫情公布之前以及疫情中沒能進入醫療系統便自癒或離世的人數，關於透明度……等等等等。當疫情成為全球現象時，這些問題也在別的國度出現，有的演變成了國際爭端。但這不是我這部個人紀事的關注點——我既非科學家也非政治家，這些問題只能交予時間和科學在將來的日子裡得到澄清。

而在當時，這些新聞和數據是我獲取信息的唯一正規渠道。我在武漢雖有幾個朋友，但都不算熟稔，也沒有直接聯繫方式。見過幾次面但仍屬泛泛之交的文友方方寫下的那些疫情日記，給我提供了一個在官方信息之外瞭解武漢疫情的民間渠道——當時也不曾想過一個作家的個人記錄會引起一場如此大的風波。

電視和國家衛健委的每日更新報告只給我提供了疫情的骨架，我急切地想瞭解骨架之上的血肉，而血肉是一個不在現場的人能夠間接感受現場場景的有效途徑。疫情期間，幾家知名媒體（如《財新》、《三聯週刊》、《南方週刊》、《鳳凰週刊》、《新京報》）都派出了他們的最佳「戰地」記者陣容，穿梭於病毒肆虐的險情之中，寫出了許多篇深度採訪報導和人物特寫。

這些記者秉承了真正的媒體人應該具備的客觀、理性和勇氣，他們不是英雄，甚至也不是天生具備超常勇氣的人，他們只是和一線的醫護人員一樣，被毫無準備地拋入了一個災難現場。他們平生所經受的專業訓練和人文教養在剎那間甦醒，他們被疫情逼成了不能退縮的人。

只是十分遺憾，他們當時寫下的那些力透紙背的文字，如今大多已經在網上消失。這種時候，我便忍不住像魯迅筆下那個固守舊念、令人生厭的九斤老太那樣，懷念那些捏在手中窸窣作響、看一遍指頭上便沾滿油墨的傳統紙媒。但願疫情成為往事之後，這些記者和一線的醫護人員一樣，會被歷史永遠銘記。

值得一提的是二月二日我在央視《新聞1+1》節目上看到了以犀利出名的主持人白岩松和溫州市長姚高員的連線採訪——這是我第一次聽到這位官員的名字。從溫州走出去的我，竟然不知現任市長的名字，一是因為官員人事調換頻繁，二是因為我向來不太關注官場事務。

那時溫州已經成了全國疫情的重災區，被人戲稱為「湖北省溫州市」。

極有商業頭腦的溫州人，長期以來就有外出經商的傳統，溫州在武漢的經商從工就學人口約有十八萬，春節期間從武漢及周邊地區回溫過年的約有三．三萬人。據媒體報導，即使在武漢封城之後，在一月二十三～二十七日之間，仍有大約一．八八萬溫州人通過迂迴途徑從湖北回到溫州，平均每天三千六百多人。溫州人每逢年節又喜好聚堆吃喝，這就進一步加劇了疫情的擴散。

在央視節目中，姚市長對溫州疫情和採取的對應措施做了現場解答。他全程脫稿，對數據爛熟於心，信手拈來——這完全不是開幾個會、聽取幾次彙報就可以達到的境地。後來溫州疫情局勢得到迅速有效的控制，只出現一例死亡病症，姚市長和他的團隊應該是有功之臣。

那天的採訪立刻衝上了熱搜，很多網友把溫州市長和湖北的地方官員做著各種比較。做為作家，我注意到了幾個對別人來說也許不重要的細節：姚市長的口罩戴得嚴實而正確，他講普通話時帶著明顯的南方口音。還有，他的頭髮濃密而漆黑。通常來說，官員做到這個級別時，頭髮質量已經不可避免受到了損傷——這當然是題外又題外的話。

那天夜裡，我在微信朋友圈記錄下了當時的心情：

困在疫城的蝸居裡，與家人分離，每天數點口罩，猜度新聞數據和語氣背後的意思，與鍾南山親密相處。少年時讀過伏契克《絞刑架下的報告》，「從門口到窗戶是七步，從窗戶到門口也是七步」，現在正適合我。看到這期「溫州發布」★，淚目。我的城，從前的難關我不在，這次我們一起度。（★此處是指姚市長在訪談中講到的出行限制令。）

在以上提到的幾家信譽度較高的大媒體之下，還存在著大量背景不詳的自媒體。這些數目繁多的自媒體公眾號都選擇著站隊，有些彼此增援，有些彼此詆毀，無論是增援還是詆毀的，嗓門都很高尖，彷彿立場和分貝本身就決定了生存。有些自媒體會採用一些聳人聽聞的標題，以「緊急公布」、「重磅發聲」、「馬上消失」、「終於」、「剛剛」之類的紅色字體和驚嘆號為顯著風格，在文字之外發布一些沒有明確時間地點標記、很難證實或推翻的「現場」視頻。

疫情製造了如滿天飛塵般紛繁多樣的媒體，它們有效地攪動著各種各樣的情緒。平生第一次，我被這樣的飛塵迷了眼睛，失去了判斷真偽的能力。後來，我終於找到了一個簡單的方法：依據標題來篩選是否值得在上面耗費時間精力。這個方法在接下來的日子裡屢試不爽。

我在信息的海洋裡依照自己的標準艱難地選擇真相。這個世界上也許並不存在真正的絕對意義上的真相，所謂的真相，其實都是一個人依據自己的常識、教養和閱歷，對外部現象進行的某種意義上的篩選。我的真相只對我具有絕對價值，而且，我的真相是液體而非固體，它將隨著我對世界不同階段的觀察而時時修改更新。我儘量避免進入固態思維。

在海洋般的信息中，我發現了李文亮和彭銀華的名字。我把他們記在一起，是因為他們都是在一線染病的醫護人員，他們家中都有懷著身孕的妻子。後來，他們也都因救治無效離世。

我也看到了一段一位女子在陽臺上聲嘶力竭地為母親敲擊鐵盆求救的視頻——她用這樣最原始的方法，救下了她母親的性命。在生命面前，顏面毫不值錢。

稍後一些，我還聽說了一個叫肖賢友的病人，在病危之際留下遺言，要捐獻自己的遺體做為醫學研究之用。他在同一張紙上寫下了：「我老婆呢？」

我還聽說了導演常凱在十七天裡痛失四位親人（包括他自己），網上盛傳他留給這個世界的最後話語：「永別了！我愛的人和愛我的人。」

我聽到最多的，是病人孤獨死去的場景。那些人沒有準備好死亡，死亡猝不及防地狙擊了他們。除了哲學家，這世上能有幾個真正為死亡做好了準備的人？可是當一個人無法和親人告別，孤獨而清醒地走進那個「永恆的良夜」，那該是一種什麼樣的哀傷？那是比死亡本身更可怕的恐懼。逝者終將遠去，無人能夠真正知曉他們最後一刻的心思意念，但他們遺留在世的家人，在將來的人生裡，將如何癒合那個巨大的傷口？

這些消息讓我感覺疼痛，一種類似於心絞痛般的疼痛。我經常在夜半和凌晨時刻久久地醒著，聽著雨聲敲打在「蝸居」的鐵皮雨棚上，一刀一刀地剁著我的神經。咚咚，咚咚，震耳欲聾。

我不是沒有經歷過災難，我也不是沒有書寫過災難。我在《餘震》（後被馮小剛導演改編成電影《唐山大地震》）、《陣痛》、《金山》、《勞燕》裡，都有對生離死別和災難將人推入萬劫不復深淵的詳細描述。我以為我早已磨就了神經外殼的那層繭子，可是我依舊脆弱。那些難熬的失眠時刻裡，我的腦子裡反反覆覆地浮現出約翰·多恩（John Donne）的詩句：

沒有人是孤島
獨踞自成一體
每個人都是一角
連結著大地
假如海水沖走一方石泥

歐洲就會變小
流失的海峽或宅邸
無論是他人的或屬於你
都是同等重要。

任何人逝去
亦是我損耗
因為我與人類同道
所以，
別問喪鐘為誰而敲，
喪鐘為你哀悼。

——張翎、須文蔚合譯

那陣子經常盤旋於我腦中的，除了伏契克的「七步」，就是這首〈喪鐘為誰而鳴〉。「七步」是我困於「蝸居」之中的個人心境寫照，而「喪鐘」則對應了我為外邊那個更廣大世界裡發生的災難而生出的哀慟之情。武漢每死一個人，我的生命似乎也被切去了一小塊，我在他人的死中消耗著我自己的生命，我感覺我每天都比前一天更為羸弱。我一次一次地提醒自己：我在「蝸居」裡的日子或許還會很久，我必須節制地使用我的情緒，可是我只是無法克制。有一天從夢中驚醒，我突然覺悟：疼痛是根植於肉身之上的寄生物，疼痛是一種醫學意義之外的生命指徵。一個人其實是無法真正根除疼痛的，除非他願意終結生命。

外邊傳來的消息除了讓我感覺傷痛之外，還讓我倍感無助，如同親人被關在一間燃燒的房子裡、朋友落在水中痛苦地沉浮掙扎，而自己的手腳卻被繩索束縛，只能眼睜睜地看著他們經歷劫難——那是一種從精神到肉身的雙重癱瘓。唯一的慰藉是當我在微信中看見我那些暫時還沒有遭受疫情影響的海外朋友們的動態：他們在一程一程地收集口罩和防護用品，想方設法用最快的速度（甚至直接以人肉的方式）把急需的物資送到武漢同胞手中。這些人中有我在舊金山大學商學院任教的閨密、生活在紐約的寫作圈裡的朋友們、和我一起上高考補習班、後來經過多年努力成為洛杉磯保健品界老闆的同學夫婦……

但給了我最大驚訝的還不是他們，因為他們都是成人，社會良心和判斷能力都已經成熟。最讓我意外的是多倫多和香港的一群孩子，他們是我朋友的子女以及子女的同學朋友。我習慣上把他們叫做孩子，其實他們十幾歲就出來留學，早已在海外的獨立生活多年。他們以個人的名義，早在一月中下旬（先於許多慈善機構）就開始在網上發起籌募善款的活動，而當時我還在懵懵懂懂地享受三亞的陽光、尚未意識到瘟疫的陰影正在步步逼近。在我的印象中，他們向來受家人寵愛呵護，生活在真空之中，不知人世間有何艱難和責任。他們平日談論的話題，也多半是關於潮牌和影視明星。而故土的疫情讓我第一次發現他們早已是大人，與某些比他們年長許多的人相比，他們的良善悲憫之心顯得更為單純。

朋友們的活動進展，給困於「蝸居」之中的我造成了一絲幻覺，似乎我也成了他們中的一員，因著他們的行動，我也在行動。我陰鬱的心情由此得到了些許安慰。

這些朋友的腳步，並沒有停止在武漢疫情上。當六週之後，新冠瘟疫在世界版圖上以前所未有的凶猛之勢全面爆發時，我的這些朋友們，又同樣在為他們所在的國家和地區，做著同樣的善舉。他們一直都在行動。

困於「蝸居」的日子裡我也嘗試著鍛鍊身體。「鍛鍊身體」在這裡實在是誇大其詞，我唯一能做的只是伸展肢體而已。在辦公桌、小沙發和床鋪中間的那個窄小的長方空間裡，我一邊跟蹤電視新聞，一邊練習瑜伽動作，伸展脖子手臂、扭動肩膀腰肢，輪換著抬高雙腿，當然，每一個動作都是標準動作的壓縮版本。這些動作的目的既不為修練身材也不為控制體重，我完全不需要考慮體重的因素——我深知不正常的飲食和睡眠正在一天天地銷蝕我的健康，每天洗臉時，我都不願意看見鏡子裡的那個形象。

我每天堅持鍛鍊，只是希望當有一天我從瘟疫的捆綁中得到自由時，我身上的筋骨不至於生鏽。

我和「蝸居」有了前所未有的親密接觸，我漸漸發覺從前從未發現過的小奧祕。我知道走到辦公桌和陽臺交界的那個小角落，手機的信號最清晰；洗澡水放到五十秒時溫度正合宜；坐在陽臺的那張竹靠椅上看書，光線的角度對眼睛最好；假如天不下雨，午後蓋一條小毯子斜在竹椅上歇息遠比在床上好，因為我可以扯一片陽光蓋在臉上——那是我難得的維生素D……

困在「蝸居」的日子裡，我的耳朵變得格外地警醒，聽得見隔壁阿婆錄音機裡播放的吃齋信佛的木魚音樂聲，只是我始終沒有弄清這音樂是不是固定在某個日期或時辰。除了哥哥來送飯，我很少聽見敲門聲。有一次我突然聽見有人在敲阿婆的門，似乎是幾個人，有男聲也有女聲。阿婆出來開門，他們進門說話，我聽不清具體內容，卻認定是居委會來登記盤查戶籍的。

沒有戶籍也沒有經過正規登記程序的我，躲在門後，腦子裡迅速排練著各種解釋和說辭，心跳得一個房間都聽得見，感覺像一個在逃的殺人犯，馬上將要被警察發現捕獲。我不記得自己當時是否在祈禱——那些日子裡我實在不怎麼虔誠。假如我在祈禱，那麼我的禱詞一定不會是「救我」，而會是：「上帝，求你把我變得更小，讓他們找不到。」

這一切都是我的妄想症，事實上除了哥哥，從來也沒有人敲過我的門。但是我夜裡經常會被敲門聲驚醒，醒來後才知道那不過是一場夢，我為著僅僅是夢而暗自欣喜——直至下一個輪迴再從頭開始。

那段日子幾乎天天下雨。我知道溫州在春季和秋季時常下雨，但我沒想到冬天也會這樣潮溼。其實對於困在家中的人來說，下雨和晴天並沒有多大區別，但有時心裡還是忍不住渴想陽光。

有一天，天毫無預兆地晴了，而且晴得那麼澄明透亮。陽光抹去了河水的顏色，不再有綠，也不再有藍，只剩下一片閃閃爍爍的金黃。我把充滿了潮味的被子攤到窗外晒，一扭頭，發現隔壁的阿婆也在做同樣的事。我們雖然是緊鄰，但除了那天哥哥送飯被她撞見之外，這麼些天我們都關在自己的屋裡，彼此一直沒照過面。她大概沒想過會見到人，所以頭髮沒梳，領子上的紐扣也沒繫齊整。她看上去比先前老了一些，我想我在她眼裡大概也是如此——我那天起床連臉都未洗。因為在室內，我們都沒戴口罩。她問了我一句什麼話，我已經記不得了，我回了她一句什麼話，我也記不得了，也許是關於午飯，也許是關於天氣。我已經好幾天不曾說過話了，舌頭在口腔裡滾動的感覺有些怪異。

我看見我斜下方那家的雨棚上躺著一窩貓，一隻貓媽媽和四隻貓仔。貓媽媽把身子攤得很開，貓仔趴在媽媽的肚皮上，靜靜地吃著奶。假若不是牠們的尾巴偶爾一抬，你幾乎會產生錯覺，以為牠們是畫在青灰色鐵皮上的一幅靜物寫生。離牠們三五步遠的地方，還有另外兩隻貓——不知是不是牠們的親屬，正在淘氣地相互追逐。

院子裡的那棵玉蘭顯得很肥胖，我以為是含了苞，再仔細一看才知道是雀子，很大一群的雀子，黑乎乎的壓滿了枝頭。其實我早該知道是雀子，牠們在夜裡就開始鳴叫，牠們叫得肆無忌憚，旁若無人。

牠們——我是說貓和雀子，都知道，人的世界已經停擺，人把大自然交還給了牠們。這是一場沉默的交接，不用話語，也沒有號令，牠們從人那裡接手了本該屬於牠們的地盤。牠們在盡情享用，因為牠們知道這樣的日子不會長久。

阿婆樓下的那家人，幾年前就在院子裡搭出了一個簡易棚子，棚子裡擺著一口大灶和一塊由水泥板搭成的桌子，院子上方橫七豎八地拉著幾條晾衣繩。我不認識那家人，不知道他們是租客還是房主——我無意在這座樓裡結交任何朋友。

從我的窗口望下去，那家的女人正坐在院子裡洗衣服，嘩嘩地過水，淅淅瀝瀝地擰乾，再啪啪地甩著往繩子上晾。她男人正在灶上的一口大鍋裡炒菜，手裡掄的那把鍋鏟看起來很有氣派。我看不清楚他炒的是什麼菜，但我聽見了食物在熱油裡劈哩啪啦的煎爆聲，還有鍋鏟和鐵鍋相撞擊時發出的咔嚓聲。

那些雜亂的聲音讓我安心——那是久違了的人間煙火氣。

① 中成藥：是以中草藥為原料，經製劑加工製成各種不同劑型的中藥製品，包括丸、散、膏、丹各種劑型。

② 卡拉馬佐夫兄弟：原書名為 *The Brothers Karamazov*，臺灣譯為：卡拉馬助夫兄弟們；作者為杜斯妥也夫斯基，大陸譯為：陀思妥耶夫斯基。

在過去幾十年的好日子裡，
「飽」這個字滾雪球似的越滾越肥，
不知不覺間黏上了許多新的涵義，
比如豐富多樣，比如新鮮可口，
比如營養均衡，比如色香味俱全，
等等等等。
一場大疫剝去了這個字的所有的衍生意義，
把它送回到赤身裸體的初生兒狀態。
在瘟疫面前，
平安、活著就是唯一標準。

在困於「蝸居」的日子裡，時間突然變得很便宜，像是一桶水，早上醒來它就在了，夜裡睡去時它也沒消失，無論你取用了多少次，水位始終如一，既不會變得更高，也不會變得更低。從前那些被稿約、出版合同和我自己設定的計畫追著跑的日子，已經恍如隔世。

鐘錶顯示的數字似乎是來自外星球的怪異文字，完全沒有意義。天氣陰雨連綿，我甚至不能依照日光的變換來判斷晨昏。唯一能告訴我日子並未完全靜止的，是我的腸胃，它按著自己的運動軌跡和聲響，提醒我時間還在行進。至於日期和星期的信息，有需要時我就打開手機屏幕查看一下，但我早已不再主動追蹤。

時間大量剩餘，貶值到一錢不值，我腦子也因無所事事而變得空閒，許多稀奇古怪的回憶和想法乘虛而入，割據地盤，各說各話相互排擠，陷入軍閥混戰的亂局。

那陣子時不時想起來的，是我從前讀過的關於飢餓的書。

我已不記得我是幾歲開始閱讀小說的。八歲？九歲？或許更早？反正我做為文學愛好者和讀者的歷史，遠遠長於我做為作家的歷史。即使在我成為作家之後，我依舊還是讀者。在我這幾十年的閱讀經歷中，我讀過無數以饑荒為背景的文學作品，給我留下最深印象的是一部名為《初戀的回聲》的小說。

這部書是講一對在大饑荒的年代裡被發落到青海的青年男女之間的愛情故事。那女子把從自己牙縫裡省下來的口糧給了她深愛的那個男人，她是他的初戀，她覺得他也是她的——儘管她已經嫁給了一個既不懂她，也不怎麼在意她的男人。

讀這部小說的時候，我在上大學二年級。那時文革剛過去沒多久，我們還生活在計畫經濟體制下，大饑荒年代的記憶依舊鮮活。這部小說看得我熱淚盈眶，不僅因為我深知在那個年代把口糧讓給別人到底意味著什麼，還因為書裡的愛情描述。當年我才二十出頭，整天腦子發燒，充滿對那種心心相印生死相依的純真愛情的嚮往。

那時至今已經過去了四十年，現在已經沒有幾個人還會知道作家余易木和他的《初戀的回聲》。現在的年輕人聽到這個書名，一定會以為是一部言情或者穿越小說，連我自己都驚異我竟然會記得這個故事。

困於「蝸居」的日子裡，我還想起了我自己寫過的書裡關於飢餓的場景。《陣痛》裡孫小逃在上大學時，把自己的零花一點一點從母親身上摳下來，省給心愛的越南留學生黃文燦，給他補充營養。《金山》裡修築太平洋鐵路的華工因冰雪封路被困在深山之中，彈盡糧絕，主人公方得法被迫殺了心愛的狗，烹肉湯以救同鄉。那條叫黃毛的狗是如此的忠心耿耿，在嚥氣前的最後一秒鐘，還舔了一下主人那隻沾著血的手。

其實，那陣子我想起這些書，不再是因為我嚮往忠貞的愛情，也不是因為我憐惜女人的痴心，更不是因為我感嘆動物遠勝過於人類的忠誠，而僅僅是因為書裡那些關於飢餓和食品的描述，牽動了我身子裡的某種隱祕渴望。把那些書從記憶的庫存裡翻找出來的，不是腦子，也不是心，而僅僅是腸胃。

或許，不是我想起了這些書，而是因著腸胃的呼喚，這些書找到了我？

從一月二十三日（大年二十九）到二月十二日（正月十九），我在溫州前後待了二十一天。按照一日三餐的演算法，除去旅程中的用餐，我在溫州吃了六十頓飯。

六十頓飯在我從前回鄉小住的日子裡，輕輕鬆鬆就能打發過去了。雖然「蝸居」裡沒有可以開伙的廚房，我也從沒做過在「蝸居」煮食的打算，但從前回鄉，除了陪母親吃飯之外，我從來不缺外出用餐的邀請。倘若碰巧有外地或國外來的同學朋友也同在溫州，還會出現聚餐的場合太多，頓數不夠分配的尷尬場面。可是一場疫情改變了一切。疫情中的每一餐都是負擔，是壓在我心頭的一塊磚石。

六十塊磚石的重量可想而知。

我讀過關於飢餓的書，也寫過涉及飢餓的書，但那是別人的二手經驗，或者是從別人的二手經驗中消化衍生而來的想像和虛構，而我個人的直接飢餓體驗始終是蒼白的。雖然我和大部分同齡人一樣，經歷過清貧的童年少年和青春時期，但我畢竟是城市裡出生長大的孩子，父母都是公家人，各有一份收入。在那個子女眾多的年代裡，父母只需要撫養我和哥哥兩個孩子，所以儘管我的家境算不上富有，但卻從未餓過肚子。即使在大饑荒的年代裡，我眼中所看到家裡的變化，也不過是父親需要從單位掛鉤的農場裡挑來白菜和馬鈴薯以補貼糧食，而母親則在後院貧瘠的土地裡枉費心機地種植蔬菜——那些菜葉總會在一夜之間被蟲子吃得精光。

記得小時候，有一次我看見一個衣著襤褸的鄉下人衝進我家院子，噗通一聲趴倒在地上，雙手捧起家裡餵雞的木盆裡的食物就往嘴裡塞——那是摻雜著石子雞屎和泔水的糠。我至今能清晰地想起他咽食時的樣子，似乎完全沒有經過咀嚼，食物跳過了牙齒直接從口腔進了胃。

我們瞠目結舌，不知所措。那人吃完了，對著母親磕了一個響頭，喃喃地說了一句菩薩報答之類的話，就走了。到了第二年，有人在我們家門口放了一把用麥秸稈紮成的大笤帚，母親說是那個鄉下人送的——那是他謝恩的方式。

這就是我關於飢餓的全部目擊經驗。假如用從一到十的標準來衡量豐富程度，它大概還不到零點五。我絕對沒有想到，這零點五的飢餓經驗，會在幾十年之後的一個物質極為豐富的年代裡，再次得到擴充。困在「蝸居」的日子讓我明白，飢餓有很多張面孔。背井離鄉的苦力們經受的飢餓，不同於陷於愛情之中甘願為男人捨己的女人們所感受的飢餓。而他們的飢餓，又不同於疫城中我的飢餓感受。

我的飢餓與食物有關，但又不完全是因為食物——我的食品供應鏈時強時弱，但始終沒有中斷過。我的飢餓來自對下一餐和再下一餐和再再下一餐食物的提前計畫，以及由此而來的擔憂和惶恐。這樣的操心奪去了食物本該給人的快樂和飽足，這樣的操心使我進入了一種怪圈：我在吃著食物的時候，還在想著食物；我渴望自己為維持體能儘量多吃一些，但又害怕自己因為沒有全盤計畫而侵占了本該是下一頓飯的份額。這樣的怪圈像看不見的繩索將我層層纏繞，使我處於主觀上永遠飢餓的狀態——這就是我困於「蝸居」三週的基本狀態。

我在「蝸居」的六十頓飯，基本是通過兩種方法解決的：一是在情況允許的時候偷偷出門上哥嫂家蹭飯；二是哥哥鑽空子進入我的小區給我送飯。

後來這兩種方法都走入窮途末路，便又生出了第三種方法——請容我在後邊的篇幅裡細述。

我剛到溫州的那段日子，出行限制令還沒有正式頒布，我會隔一兩天到哥嫂家裡吃一頓晚飯。那時我母親和嫂子早已足不出戶，她們每天的運動方式就是繞著四壁之間的空地一圈一圈地行走。她們待在戶內的首要原因當然是為了減少感染的機會，其次也是為了節省口罩——她們都盡可能把庫存很低的口罩，留給家裡負責出門採購的哥哥。

哥哥是我們家族裡的一個奇特存在。我父母的性格基調都比較抑鬱，也許是個性所致，也許和家中幾十年歷經的劫難有關，而我哥的氣質風格卻體現了對基因理論最徹底的叛逆——他是個徹頭徹尾的不可理喻的樂觀主義者，沒有任何東西可以長久地打溼他的快樂，即使是一場瘟疫。

哥哥很瘦，瘦到我不敢看他磅秤上的體重——那個數字會讓我感覺我得了肥胖綜合症。但是他常年鍛鍊身體，肌肉極為硬實，手掌堅如鐵爪，在我肩膀上輕輕一拍，就可能留下一塊淤青。他走起路來腰桿筆直、腳底生風，從背後看，像一個長得有些著急的小夥子。

哥哥的活力還體現在他的聲音上。做為曾經的聽力康復師，我總想用分貝儀來測量一下他嗓門的峰值①，看是否已抵達噪音汙染的工傷賠償標準。每次看到他家牆壁和天花板上的汙漬，我都會忍不住覺得那是他聲音鑿下的疤痕。用他那樣的聲音表達贊同，那就是歡呼；用他那樣的聲音表達反對，那就是怒吼。引起哥哥歡呼的東西很多，比如美酒、好菸，再比如來自朋友（尤其是女性朋友）的讚美。而引起哥哥怒吼的內容則因時而異，自疫情爆發以來，就基本集中在美國的那位金髮總統身上（此處由於不能使用一個面紅耳赤、唾沫橫飛的表情包，我深感詞不達意）。

疫情中哥哥的嗓門製造了無數的窘迫場景，這點我在〈蝸居〉一章中有過描述，這裡再做一點小小的補充。哥哥有幾十年的抽菸史，再加上過敏體質，每到冬季他都會經常咳嗽、打噴嚏。用哥哥的嗓門來表達上呼吸道的怨氣，那就是驚雷。在疫情困擾的日子裡，哥哥的咳嗽噴嚏聲讓我們心驚肉跳，唯恐隔牆有耳，惹得鄰人驚駭，陷入被嫌疑舉報的泥潭之中。每一次哥哥一張嘴，咳嗽或噴嚏還走在路上的時候，我們就已經集體向他發出了嚴厲警告。他實在憋不住，只能用紙巾、口罩、毛巾、衣袖，以及一切可以隨手抓住的物件，來封住聲音和唾沫的通道。看到他手忙腳亂、額上爆起青筋的樣子，我突然生出一絲傷感：在疫情最終平伏之後，哥哥還能那樣痛痛快快、旁若無人地咳嗽嗎？失去了從前的恣意和放縱，哥哥還是哥哥嗎？

哥哥花錢如流水，早在「月光族」這個詞進入大眾詞典之前，他就已在身體力行。其實，他的錢包從來也沒耐心等到月底，早在之前的某一天把自己徹底清空。拉開他錢包拉鍊的人，並不是我嫂子，而常常只是一個陌生人，比如路邊的小攤主，商場裡的售貨員。一個溫軟的笑容，一聲低身下氣的請求，能瞬間讓哥哥傾其所有。在太平年月裡，我哥家中到處堆滿了各式水果食品和日用雜物，我嫂子常年都在辛苦處理長了綠毛的柑橘，爛了芯的蘋果，和即將散黃的雞蛋。

在疫情意想不到地突襲而來的時候，除了超市之外，絕大部分商鋪關門，哥哥得想方設法保證那突然添了兩口人（我和母親）的飯桌上，永遠有足夠的食品。每次看見他冒著感染的危險出門，手提著有時空蕩有時飽實的食品袋，喘著氣步行回家的時候，我的心都在隱隱生疼。我覺得一場疫情把哥哥變成了負重的老農，用壓彎了的扁擔挑著一副沉甸甸的籮筐，前邊坐著他九十歲的老太君母親，後邊坐著他從外邊世界歸來、對周遭環境懵懵糟糟的妹妹。他左邊的口袋裡裝的是他那位每天想著怎樣做巧婦的妻子，右邊的口袋裡裝著是幾乎沒休過春節假、全時在外邊跑新聞的兒子。

哥哥的這個印象，被這場大疫斧鑿刀刻般地留在了我的記憶中，我大概永遠不會淡忘，一直到死。

嫂子負責煮飯，在油煙彌漫的廚房中進進出出。她腳下的路並不寬敞，左邊有堵牆叫豐盛好客，右邊也有堵牆，叫計畫節制。她一日三餐都在兩堵牆之間行走，不敢完全放開腳步。

每次在哥哥家裡蹭飯，我們都邊吃邊聽鳳凰資訊台播報新聞——我的「蝸居」裡沒有鳳凰台，哥哥家是我的信息充電站，每天聽到的確診和死亡人數都在攀升。在後來的幾週裡，當瘟疫如黑色的墨水滲透整張世界地圖時，我在哥哥家看見的這些數字已經只是一個小百分比，但在當時，每一天的變化都讓我們觸目驚心。

我和哥哥總有話說，關於試劑，關於疫苗，關於疫情警示機制，關於醫療救治隊伍，也關於某些口無遮攔的國際政客。有時我們看法一致，有時我們意見不符。我們一進入爭論，就會使用同樣的詞彙相互指控，比如「偏見」，比如「洗腦」，比如「以偏概全」，等等等等。當然，誰也沒能說服誰。

母親總是勸我們把嗓門降低，不要意氣用事——那是一個明知無能為力卻還要試圖解決紛爭的老母親的慣常姿勢。嫂子則置若罔聞，因為她的心浮游在別處。國際新聞也好國內新聞也罷，此刻對她都很遙遠，她關心的是眼前的事：該怎樣分配剩菜，能讓我儘量打包帶走，因為誰也不知道什麼時候我們會被徹底禁足。我離開時，總要經歷一場惡戰：嫂子儘量讓我多帶，我儘量想給嫂子多留。雙方總要推推搡搡多個回合之後，最後由母親的一句話鳴金收鼓，達成某種雙方都能接受的妥協。

在哥哥家裡吃飯時那些聲響——鍋碗瓢盆的撞擊聲，微波爐的嗡嗡聲，水龍頭的嘩嘩聲，電視節目的背景音樂，母親走路時拖鞋蹭在地板上的窸窣聲，哥哥抑制不住的咳嗽聲，婆媳姑嫂之間的閒散對話，還有哥哥高分貝的爭論聲，構成了疫情初期的最主要記憶。直到我再也無法出門時，我才意識到它們的珍貴。在嘈雜的環境裡我們渴想清靜，而在被疫情剝去了街音的日子裡，嘈雜卻使人安心，讓我感覺世界還在，我還活著。我忍不住感嘆：若想讓一個地方活起來，也許需要幾十年的工夫，一代人的努力，而想讓一個城市停擺，卻只需要一樁新聞，一張布告。

從哥嫂家包回來的剩飯剩菜，維持著我後來幾天的三餐。情況一天比一天嚴重，市政府很快發布了出行限制令，每戶每隔兩天只允許一個人外出購物（而非串門）。因為我不在當地的戶籍制度之中，又不知從哪裡領取通行證，所以我再也不敢出門。哥哥藉著我所在小區管理上的暫時鬆懈，偷偷給我送了幾次飯，每一次夠吃兩三天。

我開始認真地計畫著一日三餐的數量和內容分配。我其實從來沒有真正斷過頓，只是我那段時期的伙食內容非常單一重複，百分之八九十的時候吃的都是剩飯剩菜，最極端的時候一份剩菜能連續吃四五頓。即使是剩下的菜汁，我都捨不得丟棄，我把它倒在剩飯裡，加上開水，打一個雞蛋，放幾根榨菜，再放幾滴醬油，成為一碗雜味泡飯——那是我時不時的正餐。

在青黃不接的時候，我就吃一些諸如餃子包子和湯圓之類的冰凍食品。這些食品是我嫂子在我抵達溫州之前事先買好存在冰箱裡的——那時誰也沒想到情況會產生這樣急劇的變化。她的初衷是讓我在不想出門時拿這些食品權充早餐的，可身處疫情之中，一切原定計畫被打亂，我早已不再把食品劃分成早餐或正餐，這些冰凍食品就成了我填補供給空隙的機動口糧。

哥哥給我帶來了兩包桶裝的泡麵，我吃了一桶，剩下的那一桶卻無論如何也捨不得吃。隨著出行限制令的嚴格實施，我的食品供應鏈越來越細，這桶泡麵在想像中的意義也在一天天與日俱增。它不僅成了我對新鮮食品（相對於剩飯）的最後一絲可以指望的念想，它也成了我腦子裡抵禦絕望的一種象徵——每次看見那個花花綠綠的紙桶，我就略覺心安。我藉著它提醒自己：我尚有餘糧。

可是有一天，我實在不想再吃剩飯，在猶豫了半天之後，終於忍不住搬過一張椅子，把那桶泡麵從櫃子的最高一格取了下來。幾天前我就是為了抵擋誘惑，才故意把它放在不能伸手觸及的位置的。我把它窩在手裡的時候，突然感覺有些內疚，也有些荒唐。就是這麼一件平時被我不屑地稱為「垃圾」的東西，卻在這樣一個意想不到的時刻，成全了一個人對美食的想像，就像是一個平日裡無論在外貌還是內涵上完全不入你的眼、遭你多年鄙視的人，竟會在你最窘迫的時候，伸出了最管用的一隻手。

我把電水壺插上，水在慢慢升溫，發出嗤嗤的響聲，小說家的想像力隨著水的熱氣氤氳蔓延。我在想：假如這碗麵裡可以放進幾片菜葉；假如，加上幾滴香油；假如，有三五隻粉紅色的蝦；假如，這蝦碰巧是龍蝦；假如，能有一把蔥花；假如，假如，假如……在等待著水沸騰的那個空檔裡，我把一桶清湯泡麵成功地演繹成了一場盛宴。

從未獨自操持過一日三餐的我，第一次意識到：當一個人對食物供應鏈產生危機感時，就會發現他手邊的食物在以驚人速度消耗。每次我從哥哥手裡接過沉甸甸的食品袋，當時都覺得那份量夠我吃一輩子，而事實上卻只能支撐兩天，至多三天。三天之後假如還有剩餘，即使嘴還能勉強接受，胃卻已經抵死不從了。「蝸居」讓我終於明白了「坐吃山空」是什麼意思。

「膩味得要吐。」

「未來幾天我的生計是個考驗，不敢上街。」

這是我在某一頓飯後給先生發的信息。

我的口腔開始潰爛，遲遲不癒，黏膜像一張滿是洞眼的破布絮，喝水都疼。我知道是因為缺乏新鮮蔬菜。在我平時的飲食結構中，蔬菜占了很大比例，先生曾經說過我前世一定是隻兔子，嚼起生菜來咔嚓咔嚓的聲響瘆人。可是現在我缺的豈止是新鮮蔬菜？我也缺新鮮水果。我還缺醬油，缺醋，缺料酒，缺一瓶橙汁，一桶豆漿，一塊炸得金燦燦的雞胸脯……我缺的是一個小型超市，外加三百六十個小時的睡眠。

後來我回到加拿大，看到一則電視新聞，講的是一對加拿大父子被困在武漢的故事。當他們終於回到加拿大時，兒子在機場剛一落地就昏了過去，大家都以為是病毒感染，最後經過檢查才知道是營養失衡——他們不熟悉當地的情況，沒能及時進入救助系統。當時看見這則新聞時，有人說不可思議，我卻完全能理解他們當時的處境。

那些天我好像總是感覺餓，尤其是在兩頓飯中間的那個階段。我焦躁不安地在房間裡走來走去，不停地開抽屜，開櫃子，老鼠一樣窸窸窣窣地尋食。但我基本不在正餐之外的時間裡開冰箱，因為我不能動用下一餐的飯食——那是我堅不可摧的底線，我只是在尋找「計畫外」食品。在我從三亞到溫州之前，母親和嫂子給我在「蝸居」裡放了一些凍米糖花生酥芙蓉糖芝麻餅之類的零食。由於我從小沒有吃零食的習慣，當時差一點把它們全數退回，後來我終於留下了一部分。我完全沒想到這些僥倖留下的東西會被我在後來的日子裡很快消耗乾淨。

有一天我在找一支湯勺的時候，在一只抽屜深處意外地發現了一盒阿膠酥——那是幾個月前我來溫州時留下的舊物，已經開過包。我取出一塊，嚐了一口，竟然沒有發霉，不禁大喜過望。我用酒精將剪刀消過毒，然後把每塊阿膠酥剪成大小相似的四個小塊，剪完後再堆在一起，看起來數量一下子增加了許多。我滿懷欣喜地把它們分成幾小包——那是幾天的份額。

我就是這樣在我的「蝸居」裡嚴格實施著幾十年前就廢棄了的計畫經濟，勤勉清廉地管理著我一個人的國度，絕不允許挪用和浪費。

當然，我也不是每時每刻都在考慮三餐飯食的，總有些時候腦子浮游在別處，比如在用餐之後的那一刻鐘裡。那時胃是飽實的，人微微有些睡意，儘管那些睡意只是跟你調調情而已，很少把你引入正經八百的睡眠。這種時候，我常常站在靠河或靠巷的窗口，看著河邊或者巷子裡的景致，發些呆想。

我發覺這陣子貓一下子多了起來，幾乎遍地都是。牠們肯定不是在一天裡出生的，但牠們似乎是一天裡出現的。假如下雨，牠們不知躲在哪裡。雨一停，牠們立刻從某個不為人知的藏身之地鑽出來，在那些停泊了多日、鐵皮都起了鏽跡的車頂上跑來跑去，從一家雨棚跳到另一家，四肢矯健，神情旁若無人。

不，不是旁若無人，是的確四下無人。

我突然羨慕起貓的自由，貓想去哪裡就去哪裡，既不必戴口罩，也不需要戶籍和通行證。病毒和貓各挑著各的路走，兩不相擾，太平共處。

可是這些貓這些天是怎麼活的？牠們在那裡躲雨？若在太平年月，我吃我的新鮮熱餐，牠們吃我的殘羹剩飯，可現在，連我都在吃自己的剩飯，牠們還能吃什麼呢？

我問自己。

我忍不住笑了——即使是呆想，也浮游不了多遠，幾步之後終將回歸到食物上。我憑什麼把貓的生存擔在自己一人的肩上呢？在我出生一萬年之前，貓就存在了。在我消失一萬年之後，貓依舊還會存在，無論有沒有我的殘羹剩菜。況且，如今我的境地，和貓也並無太大區別。在疫情籠罩的日子裡，我每一次冒著風險出門，幾乎都是為了尋食——疫情把我也變成了貓。

那陣子我很難集中精力做一件事。在靠椅上剛翻幾頁書，心就已經飛到了微信上；翻著微信朋友圈各樣信息動態時，心裡又在自責沒有用功寫作；

鍛鍊身體時，覺得該是疫情信息更新的時候了，所以就打開電視，一邊聽著新聞，一邊就想到母親是否安好，該給母親打電話問候一聲；和母親說著話時又會突然走神，想起遠在三亞的先生……

我不僅心分多處，而且，在注意力碎片的廢墟之上，對食物的渴想無時不刻地在發出攪擾人心的雜音。

有一天，當我在清醒和入睡的那個灰色地帶徘徊的時候，一陣深切的悲哀突然襲來，刀子一樣插進我的心。

假如，我能從這場大疫中安然走出，我還能寫作嗎？大疫奪走了我的自制和專注能力，我現在連一封略長的電郵都不能一次性完成。

就在那一刻，我似乎和這場瘟疫生出了私仇。正如張愛玲的《傾城之戀》中所書，當年一座城的淪陷似乎就是為了成全白流蘇的愛情，現在這場瘟疫似乎也專門是為了毀滅一個作家的才情。先前，我的疼是為了毒蟲爬過之後的滿目瘡痍，而今天，在那滿目瘡痍之上，又有了我個人的創口。

世界是荒謬的。個人的存在是荒謬的。寫作是荒謬的。一切的一切，都是荒謬的。荒謬不會產生秩序，它們如滿地亂滾的岩石，相互撞擊，大的荒謬碾碎小的荒謬，直至被更大的荒謬碾碎。遍地廢墟。

世界不缺一本不痛不癢的書，而真正讓人疼痛的文字，早已被前人寫完。也許，我早就已經被毀壞了，毀壞我的不僅是這場瘟疫，毀壞我的也是我自己。但我能抓住的，只能是這場瘟疫，因為它就在我身邊，抓起來最順手。人都有推卸責任的本能。

我噌地坐了起來，雙手抱膝，陷入深深的絕望之中。

哥哥每天都打電話給我，問我冰箱的存貨還夠嗎？吃沒吃飽？我總是回答東西很多，還沒吃完。我沒撒謊，我只是改變了衡量標準。在過去幾十年的好日子裡，「飽」這個字滾雪球似的越滾越肥，不知不覺間黏上了許多新的涵義，比如豐富多樣，比如新鮮可口，比如營養均衡，比如色香味俱全，等等等等。一場大疫剝去了這個字的所有的衍生意義，把它送回到赤身裸體的初生兒狀態。在瘟疫面前，平安、活著就是唯一標準。

再說，為了全家人的飯食，哥哥已經操碎了心。我有我的擔子，他有他的擔子，我挑的是我自己的一份重量，而他身上挑的，卻是一家五個人的重量，他絕對不能出事。

所以，在出行限制令發布之後，我就儘量勸哥哥減少進入我所在小區的次數，每次他來電話，我總是告訴他：我吃飽了，我還有存貨。

「蝸居」裡的日子是混沌的，日期和日期之間沒有明顯的分界線，只是有些事件像打上了高光，總會在模糊的時間背景中跳躍出來，獨自站立。現在回望那些天裡發生的事，就如同在觀看一臺現代劇，演員和對白是清晰的，但舞臺布景模糊。在我書寫這些散記時，我需要時不時通過各種渠道找回凌亂的時間線索，但仍然不能保證其準確無誤。

但在那條邊界和次序都很模糊的時間線上，有一個日子卻總能從所有的日子裡凸顯出來，尖利地呼喚著單單屬於自身的關注。

那是二〇二〇年二月七日。正月十四。

那陣子我每天都醒得早，但那天醒得比平日似乎又早了些。我不記得準確的時間，但記得離天亮還很遠，鳥兒在窗外叫得很凶。我打開手機，想看一眼疫情數據是否在夜間有過更新，可是第一個跳進我眼簾的，卻是朋友圈的一條信息：

李文亮去世。

李文亮給我留下最鮮明的印象，還不是他在聊天群裡私下公布最早的疫情信息、受到有關部門的訓誡、從而被譽為「吹哨子」的人——那是公眾記憶。我的個人記憶是他從病人那裡感染新冠肺炎之後在病床上拍的一張照片。照片上的他嘴上蒙著呼吸機，卻看不出明顯的病容，圓圓的大男孩似的臉上，長著一雙澄明透亮的眼睛。那眼睛是從太陽之地來的，那眼睛沒有經過腦子也沒有經過神經，更沒經過任何防禦系統。

他說他病好之後會重返一線，我信他。我不是信他的話，我信的是他的眼睛——那樣的眼睛告訴了我許多事，關於生命，關於熱情，關於良善，關於人性，關於良心和悲憫。可是它唯獨沒有告訴我死亡。我絕對沒有想到這樣的眼睛會死。

我的喉嚨堵上了一塊厚實的海綿，吐不出來，也咽不下去。我以為我會哭，可是眼淚就是那樣不靠譜，在該來的時候，它不知躲在何處。我只是感到了餓。和平常那種溫婉隱約的餓感不同，這一刻的餓感是尖銳凶悍的，像無數的蟲子在齧咬著腸胃。

我沒有著急起床，因為我早在腦子裡把「蝸居」中藏著食物的角落一一走過了一遭。冰箱裡預先留好的早餐是我的軍事禁區，我很自覺地禁足——現在離吃早餐的時間至少還有兩個小時，假如我挪前了早餐，我該怎麼應付相對延後了的午餐？還有午餐之後的晚餐？

此刻，電閃雷鳴似的，我突然想起了先生從加拿大帶回來的、被我堆放在陽臺牆角又蓋上了一層塑料布的禮物。其實，一個星期之前，我曾從那裡取出過一盒糕點，給了一位特意過來給我送口罩的朋友。也許在潛意識裡，我已經把這些禮物放置於記憶的另外一個隔間裡，跟我的日常生活完全分離，所以即使在最饞的時候，我也沒想起過它們的存在。

我打開燈，顧不上穿衣服襪子，光著腳走到那個角落，掀開塑料布。一切安好如初，那個被我拿出來送了朋友的糕點盒子所留下的空間，邊角依舊清晰分明。我從那堆花花綠綠的盒子罐子裡挑出最小的一件——那是一盒比利時出產的杏仁巧克力，包裝非常精美，黑色的厚紙上撒著一朵一朵銀花，盒子上繫著一個沉紅色的蝴蝶結。蝴蝶結是由一條綳著金屬絲的緞帶結成的，這條緞帶在從加拿大到三亞的路上慘遭蹂躪，不成形狀，我曾經把它拆開來用蒸汽熨斗重新熨平。

我在某些方面是個無可救藥的完美主義者，會在一些微不足道的形式上耗費許多也許壓根不值得耗費的心神。可是時間難道不是用來耗費的嗎？不是在這裡，就是在那裡——這是我蒼白無力的自我辯解。

我把這個盒子捧在手裡，略微猶豫了一下。我的腦子捨不得這層包裝和一萬三千公里的路程，而我的手卻在說：李文亮都死了，你還在意地圖上的一條公里數線、盒子上的一個蝴蝶結？

最後還是手贏了腦子。

我撕開包裝紙，坐在地上麻木地吃著巧克力。一顆。又一顆。除了甜，我毫無感覺，只聽見杏仁在我的牙齒之間嘎巴嘎巴地碎裂。等到我突然感到冷的時候，盒子已經癟了一角。

我回到床上，被子是溼的，我最初以為是電暖水袋漏了水，再多摸了幾處，才明白是屋子裡的溼氣——天下過了太多場雨。我躺在溼冷的被窩裡，為李文亮點燃了我的微信蠟燭，那是早晨六點三十七分，但此時我的微信朋友圈裡已經一片燭光閃爍。新冠瘟疫不僅奪走了一些人的生命，也奪走了許多人的睡眠。無論在這之前人們對疫情和抗疫措施持有多少種南轅北轍的看法，在那一天裡，所有的紛爭如塵埃落下，李文亮把所有的人連接成了空前絕後的一體。

我翻來覆去，再也沒有睡意，體溫根本無法把被窩捂暖。我決定起床，洗一個熱水澡。

我伸手去按床頭的開關，燈沒亮。我探過身去按另一邊床頭的燈，也沒亮。又取過擱在床頭櫃上的電視遙控器，試了幾遍，依舊沒有動靜。我手所觸及的所有開關同時失效，我甚至無法感受到指尖上的彈性。我突然想起了幾天前在手機上流傳的一部疫城小說中的場景：有一個困在家中多日的年輕人想去洗手，但家裡的紅外線感應龍頭卻無論如何無法出水。他以為是龍頭壞了，後來他看見他養的貓從旁邊經過，卻被突然沖出的水淋溼——他這才意識到自己已是個幽靈。

我突然一驚，一身的汗毛炸成了針。

莫非，死的不是李文亮，而是我？

莫非，我是在另一個世界裡，觀看著這個世界裡發生的事，自己卻渾然無知？

莫非，我點燃的那根微信蠟燭，不是為他人，而是為我自己？

那一刻我的腦子完全錯亂。

那一刻到底維持了多久？三十秒？一分鐘？五分鐘？我至今茫然。只記得突然滋啦一聲，屋裡的電燈都亮了——那是我先前一一按過的開關。我被那意外的光亮刺疼了眼睛，才恍然醒悟原來是一場短暫的停電。

我起床，在遍地的悲哀中感覺慶幸：我還活著，我要繼續關心吃喝。

我給先生發了一條信息：

「這幾天吃得太爛了，很快連爛的也吃完了。」

幾分鐘後，先生的回信來了。他給我發了一條美團鏈結，是離我住處很近的一個茶座。從前我多次和朋友在這個茶座裡一起用過餐，我從未想過在這樣嚴峻的疫情之下，竟然還會有網上訂餐點開放。

先生給我指出了在哥哥的援助之外的另外一條解決三餐的路徑。

我立刻在網上預訂了飯菜，主食副食加在一起七道菜，葷素搭配得當。訂單剛剛發出四十五分鐘，小哥的敲門聲已經響起——原來快遞不受出行限制令的管束。

我從小哥手裡接過兩大包快遞，打開來，是滿滿的一桌。我已經好幾天沒有享受過這樣豐盛的飯菜，一時不知從哪裡下筷。在猶豫了片刻之後，我最終決定打亂規矩，徹底放縱自己——這陣子每一次我得到食物，都會預先分成數量和內容搭配都大體平均的幾份，事先為後來的三餐做好準備。

這一頓飯，我要挑最喜歡的先開吃，想怎麼吃就怎麼吃，想吃多少就吃多少。我對自己說。這條新開闢的食物供應鏈，一下子給了我巨大的信心。

我把那三隻炸得黃燦燦的雞翼，一口氣吃完，連骨頭都不剩一根。剎那間感覺像帝王，過後才想起，這每一隻小小的雞翼是九塊錢。

在開吃之前我把那些食品擺成一個好看的形狀，拍了一張照片。飯後，我把照片分別送給了母親和先生——我慶幸照片不是在飯前發的，否則那一餐肯定不會有那樣的好心情。

回音幾乎是同時來的。先生是語音留言：「就這麼幹！你再也不用擔心吃飯的事了。」

母親是電話。母親說：「千萬別訂外賣啊，微信上說了，快遞是感染源。那麼快就送到了，說明沒人敢在網上訂餐。千萬，千萬。」

在最好和最壞的可能性設想中，我選擇了相信最壞的。那由不得我，要怪只能怪我可憐的基因。

我聽從了母親的勸說，再沒敢從網上訂餐。我的第三條尋食路子，就這麼短暫地開始，又短暫地結束了。但那天訂的飯食，卻又讓我維持了後面的幾頓。

那天飽飽地吃過一頓中飯，睡意湧了上來。這一次，它完全跳過了調情和前戲，直接進入實質階段，我在靠椅上一歪就墜入了黑甜鄉。後來是被壓在臉上的重量驚醒的——睜開眼睛才發現是陽光。

我不知道雨是什麼時候停的，窗外的天空是一種我無法形容的藍，那種嬰兒般的、還沒有經歷過二氧化碳和謊言的藍，是一種讓人心碎的藍。

可是，世上已經沒有李文亮了。

世上再無李文亮，但依舊有太陽。沒有了李文亮的太陽，還會是從前的太陽嗎？

就如同這大地，被那些長著猙獰毒針的病毒爬過，並留下一條條黑色的死亡汁液之後，即使再長出一地青草，它還是同樣的春天嗎？

我沒有答案。

就在那一刻，我決定出門。

我找出護照、機票、從多倫多飛入上海的登機牌、入境後在涉外旅館住過的憑證——有人告訴我這就是正式入境登記紀錄，把它們放進一個牛皮紙信封裡，然後穿上大衣，戴上口罩和手套，朝門外走去。

我一邊走一邊給先生發了一條微信：

「驚險時刻到來了，我要出門去申請通行證。」

是的，我要出門，在攔住我的第一個關口，正式提交我的通行許可申請。假如被阻，我會向更上一級申請。再不行，就再上一級，再再上一級，哪怕到僑辦、統戰部，一直到我拿到通行證。就在今天，而不是明天，或者後天。

我已經在家裡待了好幾天，為什麼會在那一刻突然決定不顧一切地出門？可能是因為天氣，可能是因為哥哥上一次給我送飯時已經遭到了盤問，可能是因為那頓鮮美的午餐，可能是因為午後那一場完美的午覺，可能是因為李文亮的死，更可能是因為今天是母親的壽辰——沒有什麼能阻攔一個女兒想給九十歲的母親祝壽的心願，即使是瘟疫……

什麼都可能是原因，什麼也可能都不是，而僅僅是我多天積攢的莫名情緒，已經在這一刻到達了一個臨界點。

總之，那一刻我非出門不行。

走到樓下，我突然想起一件非常重要的事，立即折了回來，找出體溫計測量了體溫。三十六．七度C。萬事俱備。

我走出樓外，遠遠就看見巷口那個用藍色塑料布搭起來的雨棚，雨棚底下有幾個戴著紅袖章的人。我的心劇烈地跳了起來。我深深感激口罩，它把我的緊張遮掩在一個可以控制的範圍之中，至少沒有人能看出來我的嘴角在微微抽搐。

我在雨棚前停了下來，把那個裝著文件的信封從手提包裡拿出來，深吸了一口氣，用儘量平靜的語氣，對一個攔住我的紅袖章說：「我還沒有拿到，通行證。」

從口罩之外的那片容顏中，我判斷這是一位年輕姑娘，說話的聲音也應證了我的猜想。她對我溫和地一笑，問我地址。

我把地址報給她，她拿出一本厚厚的冊子，翻了好幾頁，找到了我的地址。在居住者姓名那一欄裡，是一個陌生的名字——我猜想大概是多年以前的一位租客。

「那不是我。」我說。

女孩沒有糾纏於這個問題，只問我是戶主還是租客——我後來才明白防疫系統裡最需要警惕的是外地租客，尤其是湖北籍的租客。

「戶主。」我說。

我再三提醒自己說話儘量簡潔，只針對內核，絕不擅自延展或擴充。

我矯枉過正，過於簡潔了。我其實應該說是「戶主的女兒」，可是我沒有機會更正了，因為女孩當即遞給我一張蓋著紅色印章的藍色紙片——那是通行證。

「阿姨，兩天出門一趟買東西，一定要戴好口罩哦，回來時記得註銷。」女孩吩咐我。

我希望她叫我姐姐，但她叫我阿姨。還好，她至少沒叫我奶奶。

她身邊的一個小夥子拿起一桿一直捏在手裡的測溫槍，在我的額角砰地開了一槍。

「三十四度五。」

不知道這是不是我的幻聽，我覺得小夥子和姑娘交換了一個眼神，輕輕地說，兩人都笑了。

朋友圈裡對測溫槍的準確性一直存在著爭議，但我毫不在乎，哪怕他們把我打成二十七・五度C，只要不是三十七・三度C。我不知從哪裡聽來的小道消息，說三十七・三度C是低燒的界定線。

我把那張藍色的通行證對折著放進信封，然後把信封放進手提包，朝街上走去。

「阿姨，等等。」女孩從身後叫住了我。我心頭一緊。

別高興得太早。世上哪有這麼容易的事。我對自己說。

「下一次再出門，最好早一點走，趁太陽好，可以多晒會兒，補補鈣。」女孩說。

有一股溫熱衝了上來，這會兒還在腦門上，但我知道馬上就會落到眼睛裡。我點了點頭，轉身就走——我不想讓女孩看見我的眼淚。那是早上我看見李文亮去世的消息時就該流的眼淚，它一路藏了這麼久。

我沒有用上那個牛皮紙信封裡裝的任何一張紙片，甚至沒人問過我的姓名。所有人給我的都是善意，一切想像中的為難都來自我給自己製造的惶恐。惶恐和事實沒有關係，但惶恐本身就是一種事實。

我的惶恐不是從石頭上蹦出來的，我的惶恐由來已久。它有一條根，很深，很長，一路延伸到五十多年前的一個夏天。這條根經過了太多的年月，已經和我的肌體長成相互纏繞的共生體，它中有我，我中有它。我已經無法用科學實證的方式，把它展現給你看，因為世上沒有一種影像檢查，無論是X光，超聲波，還是CT，MRI，能從我的肌體中單獨剝離出它的存在。

你只能等待我死。

假如我死了，假如我有足夠的勇氣把我千瘡百孔的身體捐給科學，你才會在顯微鏡之下看見我心臟裡深埋著的那條根。那時你才會發現，這條根有個名字，叫文化大革命。

記得我剛和先生結婚時——那時我已身在加拿大，離開那個恐怖的夏天已經過去了將近三十年，每當我們開車出去，只要看見警車經過，尤其是鳴笛的時刻，無論相隔幾個車道，我的心就會抽成一團，身子簌簌發抖。最極端的時候，我甚至會強行讓先生停靠在路邊。當時他尚不瞭解我的童年經歷，所以還開玩笑問我是不是犯下了什麼不可告人的彌天大罪，不然，一個人何至於這麼害怕警察？

後來我和幾位朋友談起兒時的經歷，他們都笑，說那個年代的恐怖故事太多了，你的經歷不算什麼。我立刻像蚌閉上了殼，卻不是因為腹中含珠，我只是覺得沒有人能懂。疼痛沒有可比性，創傷也一樣。一把同樣的刀子在不同的木材上刻下的痕跡，各不相同。

所以，醫學上有一個分類叫創傷後應激障礙（PTSD）[2]。這個名詞太深奧，在我的詞典裡它就叫惶恐。

所以，在成為作家之後，我的小說裡才會出現這麼多的傷痛。當然是別人的傷痛，可是別人的傷痛何嘗不是我的鏡像？我寫他們的時候，難道不是在稀釋自己的疼痛？我從未想過用文字喚醒他人拯救世界——那是上帝和革命家的事，我的寫作僅僅只是一個排毒和止痛的過程，我在寫作中自救。

我走到街上，太陽陌生，路也陌生。有過了太多的雨，太多的哀傷，舊跡已經經過了一輪又一輪的沖洗。我的鞋底踩在乾淨的路面上，我試圖尋找早春的第一絲暖意。

我急切地想感受生命。

①峰值：peak value，即尖峰值、最大值。

②創傷後應激障礙（PTSD）：臺灣稱為「創傷後壓力症候群」或「創傷後遺症」，PTSD為Post-traumatic stress disorder的簡稱，是指人在遭遇或對抗重大創傷性事件後，其心理狀態產生失調的問題。

那些星空般的時刻

大惶恐和大哀痛中卻依舊可以有小歡樂，
這些小小的歡樂時刻瞬間改變了
天地和心境的顏色。

在困於「蝸居」的日子裡，
我靠精打細算的食物維持著我的肉體，
我靠這些可遇不可求的小小歡樂時刻
維持著我的情緒。
有它們在，我就不至於發瘋。
它們是我長長的失眠之夜中的逗號，
提醒我句號在某個路口等我。

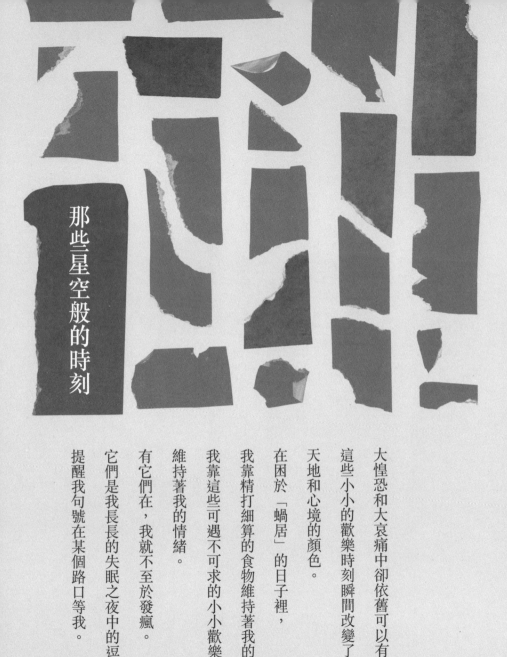

前面的三章裡，我講到了由於自己的愚蠢和心不在焉，我在最不應該的關口上稀裡糊塗懵懵懂懂地走進了溫州，因而困於疫城三週，經歷了種種不堪為人道的窘迫和狼狽。寫下這些文字的時候，我早已回到多倫多。隔洋的日子裡，回望與故土患難與共的時光，心中依舊悸動著隱隱的惶恐，情緒一路繃得很緊。

在這一章裡，我打算從前面幾章的緊張和惶恐中游離開來，不再受主題和敘事框架的束縛，任由情緒自由自在地浮游，去尋找那段日子裡某些溫馨歡樂的時刻。這樣的時刻不多，如久雨的天候裡突然閃現而出的星空，但在仰望它的時候，人會暫時忘卻地上的磨難，藉著它得知：再長再久的雨，也終究會結束在某一個陽光燦爛的日子裡。

星空給了我指望。

這一章，從一開始我就知道是零散的，甚至是雜亂無章的。在我大體上有條有理的回憶線索上，這一章將是一條不肯歸順的支線，也許一出發，就會丟失在荒野；也許上路的時候就壓根沒想過回頭，也沒有期待與其他的章節在某個路口相聚交融。在諸多的未知中，有一點我卻是確信的：這一章會讓你在前面三章帶來的緊張情緒中稍稍喘一口氣，在你放鬆警惕的時候，或許還能引逗得你不合時宜地莞爾一笑。

在這裡，我要給你講一件三週的困頓生活中讓我倍感溫馨的事——我的朋友芸（化名）。

在溫州那段時間裡，我有過寥寥幾次出門的經歷，幾乎次次都是為了尋食。但有一次出門，卻和食品完全無關。

那次，我是為了見芸。

確切地說，是芸要來見我。

我認識芸將近二十年了。芸原是溫州媒體界的大姐大，後來轉行進象牙塔當了大學教授。我和她最初相識，是受訪者和採訪者的關係，後來慢慢發展成了朋友。每次回溫州，我們總是要聚一兩次的，但都是一群人混在一起，很少單獨相處。芸是個睿智理性的人，對人對事的評論都客觀而中肯，極少有率性衝動的時候。假如需要挑選關鍵詞來描述芸，我腦子裡最先跳出來的兩個詞會是：沉穩，靠譜。

這些年裡，只要我在溫州有正事要辦，比如實地采風、開講座、出新書、舉行電影首映、或者招待外地來的文友，芸永遠都會出現，替我尋找線索，牽線搭橋，在活動現場幫我招呼客人，也順便聽我興之所至的胡說八道。她熟知溫州的每一條社會脈絡，人緣又極好，我常戲稱她為「地頭巨蟒」。

可是每回正事一完，芸就會消失，並不像我其他的女友那樣，時不時私下聚一聚，幹些正事之外的「歪事」，或者乾脆什麼事也不幹，只是端一杯咖啡扯一下午的閒篇。在我的印象裡，芸似乎永遠在忙正事，芸不會像我這樣偶爾也想念足療、購物、逛街，或者坐在巷子裡喝一碗也許不那麼乾淨但的確滋味鮮美的魚丸湯。芸在我的生活中是一個古老而牢固的存在，創世初就在了，地老天荒她依舊還在，但我們並不親近。

有一次芸跟我閒閒地說了一句話，那句話在我心裡刻下了一個印記，不過，她自己恐怕是不記得了。

「那些很熱火地圍著人轉的人，我天然感覺警惕。」芸說。

芸是泛指，那個「人」並不是特指哪一位——那是芸非常罕見地表露出的一句私人感想。

當時我聽了，心裡一震，有一種醍醐灌頂的感覺。我突然醒悟：這可能是芸始終忠誠於事卻平淡待人的原因。我覺得我也該像芸那樣地行事，不過我無論如何努力，也永遠成不了芸。芸的那句話是我的止痛片或安眠藥，只管用一陣子，就會失去療效，只因我是個性情中人，情緒一衝上頭來，世界只剩下一種顏色，在判斷人和事的本能上，我還會十次百次地重蹈覆轍。

但是在我清醒冷靜的時候，芸的話會時不時地浮上心頭。

加航宣布停飛的第二天，我心境極差，給芸發了一條信息：

「我的情況糟糕，可能會被困在溫州出不了城。」

我在溫州有很多親人，也有不少熟人。雖然我不太喜歡湊熱鬧，但也有幾個平日裡能聚在一起吃吃喝喝的朋友。大疫之下，人際關係突然發生了一些有意思的變化，大家表面上每天都在瘋狂地互傳一些大道小道胡同串子的消息，但反而很少彼此私信問候，聊天群裡出奇地喧鬧，私底下反而超常安靜。興許是因為大疫將一城的人都陷入出行受限接近癱瘓的狀態，誰也幫不了誰的忙，問候已成多餘。一場瘟疫似乎把人情緒中的某些部分攪動得格外興奮，又把別的一些部分壓至意識的深層。

可是在汪洋大海般的親友熟人之中，我為什麼單單給芸發了這條信息？我是一個極少跟朋友主動吐露生活中不如意之處的人，我不太習慣把自己置於抱怨和求助的境地。可是那天的那條信息，卻是我情緒上的一條裂縫——除了先生，我很少向任何人顯示這樣的裂縫。

為什麼是芸？

當時我沒顧得上思索這個問題。現在，當我隔著幾個月的距離回望在溫州的那些時光，我突然就明白了：在我以為僅僅是偶然的那個舉動裡，其實是潛意識和直覺在為我做了篩選，它們告訴了我我所不知道的事。

不，它們告訴了我我一直都知道，但以為不知道的事。

那天，在我給芸發那條信息的時候，我也同時想到芸的先生，一個帶著孩童般澄亮微笑的中年男人。我記得芸說過他是傳染科醫生，十七年前薩斯來襲時，他就被抽調去了第一線。芸替他整理好行裝，交到他所在的那座辦公樓，他們不能近距離說話，只能遠遠地打了個招呼，就算是道別了。不知道這次他有沒有被派去武漢做增援？

芸的回信是半天之後才來的，她說她整天都在刷信息，心裡很亂。她還說先生不在第一線，只是在做遠端會診。我一下子放了心。我為自己的自私深感羞愧，可我又無法克制自己的自私：我希望有成千上萬個衝在一線救世界的人，但又希望那裡頭沒有芸的先生。

後來，當我回到加拿大之後，芸來信告訴我，她先生在疫情後期還是被抽調去了隔離病房，在裡面工作了半個月，出來後又隔離了半個月，他們整整一個月沒見過面。

芸接到我的信息，但沒有急著安慰我，只問我需要口罩不？在前面的章節裡，我已經寫過了搜羅口罩的千般辛苦和窘迫，所以當時我顧不上客氣，如實地告訴她我真的需要。

她馬上說她會儘快過來給我送口罩。

那陣子我每天都在數可用的口罩——那些網購的玩意兒至多只能叫紙片，而不是口罩。我可憐的庫存裡還剩下五只，不算正在使用的那一只。原本我是有八只的，我拿出兩只給了哥哥，因為他是家裡唯一外出採購的人，他比我更需要口罩。

可是我一天無論數多少遍，數過來是五只，數過去還是五只，它絕不會變得更多，但它一定會變得更少。

第二天早上，芸如約開車來到我的住處。

那天是正月初七，是出行限制令發布的前一天。在太平年月裡，這天應該還是親友之間拜年聚餐的日子，可現在街面上早已看不到一個行人。芸的小車長驅直入開進我的窄巷，每一爿臨巷的窗玻璃上都貼著驚訝質疑的目光。我讓她別開到巷尾，因為那裡的居民相對密集，我們說好了在巷子中段的一個地方碰面。

我下樓去迎她。

芸走下車，我吃了一驚。幾個月沒見，她有些憔悴，露在口罩之外的臉部皮膚失去了光澤，顯得蒼白乾澀——我在她眼中大概也是如此。我猜想是疫情。疫情在咬住我們的身體之前，先擊垮了我們的精神。精神原本是守護身體的門，可是那扇門太單薄，經不起輕輕一擊。況且，芸每天還要替身為傳染科醫生的丈夫和從上海到溫州避疫的兒子操心。

後來我才知道，芸的憔悴和疲憊還另有原因。芸剛剛得過帶狀皰疹——那是一種非常折騰人的疾病，幾年前我自己也患過此症，所以深知其痛。

我們沒有擁抱，甚至也沒有握手，我們隔著一個安全的距離，彼此微笑——微笑其實也是一種想像，得看口罩肯給我們幾分自由。她遞給我一個小小的透明尼龍口袋。

「只有這幾只了，人多，不夠分。」她滿臉歉意地說。

我把先生從加拿大帶來的一包從Holt Renfrew①店裡買的糕點送給了芸——這是我那一堆萬里之外帶來的禮品中唯一送出去的一包，剩下的那些幾乎被我忘記，直到我的飢腸提醒了我——這在〈三餐〉一章裡有過紀錄。好幾個星期之後，芸順口告訴我：她兒子說那是他平生嚐過的最好吃的糕點。我深得欣慰。

沒有更多的寒暄，我們在巷子裡分手。天開始下雨，星星點點的，把她的車洇染得一團深，一團淺。我木然地看著她掉轉車頭，駛向街面，引擎轟隆轟隆的聲響在死一樣寂靜的巷子裡聽起來有些驚心。那天我覺得芸的車從後面看起來顯得特別瘦小——假如車也有背影的話。

回到家，打開芸給我帶來的那個尼龍口袋，發現裡面是四個口罩，兩個N95級別，兩個無菌外科醫用級別。這是我可憐兮兮的防護庫存裡質量最好的口罩，直到登上回加拿大的飛機，我才捨得打開其中的一個。剩餘的三個，至今還保存在我加拿大家中的醫藥箱裡——但願我永遠也不需要用到它們。

那天半夜，我在微信朋友圈裡晒了一張芸給我的口罩照片，配了如下一段話：

六〇年代愛一個人，你從自己嘴裡給他省糧票；七〇年代愛一個人，你從自己身上給他省布票；八〇年代愛一個人，你從自己書包裡給他掏高考複習資料……今天愛一個人，你從自己有限的庫存裡給他省口罩。這位朋友送給我的，是暖心的關照（抱拳）（抱拳）。

在溫州剩餘的日子裡，我一直在用那幾個顯然不符合醫用標準的普通口罩。芸給我的口罩，就像是舊時代裡閨女出嫁時壓在箱底帶到夫家去的那個金鐲子，讓人覺得多少有些底氣。當我家裡還留有芸的口罩時，我就有膽量對著窗外怯怯地嚷上一聲：「壞日子你來吧，我能對付。」

後來我多次想起大病初癒的芸穿過半個空城給我送口罩的情形，心裡總有一股東西在湧動，有時會湧上眼睛。芸和我並不疏遠，她只是願意遠遠地站著——這個距離讓她感覺舒適。但在我需要她的時候，她永遠不會在我的生活中缺席。

假如今天讓我重新書寫關於芸的關鍵詞，我依舊還會使用沉穩、靠譜。但在這之外，還應該有一個別的詞。這個詞總在舌尖的某一處，但總也沒能走出嘴唇。不過，真正重要的話，從來不是輕易出口的。我說與不說，芸都是懂的。一場瘟疫改變了生活的許多方面，也更新了我們的詞典。它給詞典增加了許多新詞條，也改變了某些舊詞條的定義，比如友情。

和芸的這次見面，是我在那三週裡除了家人之外與外界的唯一接觸。假如那次見面帶給我的是「溫馨」二字，那麼還有一些時刻，卻是可以用「歡樂」來形容的。

是的，你沒聽錯，我說的就是「歡樂」。大惶恐和大哀痛中卻依舊可以有小歡樂，這些小小的歡樂時刻瞬間改變了天地和心境的顏色。它們像螞蟻，無論在物理意義還是在精神意義上，都渺小到幾乎完全不占位置，但它們聚集起來，卻可以移動一座山。在困於「蝸居」的日子裡，我靠精打細算的食物維持著我的肉體，我靠這些可遇不可求的小小歡樂時刻維持著我的情緒。有它們在，我就不至於發瘋。它們是我長長的失眠之夜中的逗號，提醒我句號在某個路口等我。

在接下來的篇幅中，我會記錄下幾個疫情中難得的歡樂時刻，其中的一個，就是二月二日，正月初九的夜晚。

那天溫州剛剛開始實施出行限制令，各個社區的執行力度還存在著差距。一些高級小區早已制定了嚴格的進出登記制度，而已經出現病例的小區，更處在嚴密的監控之中。像「蝸居」這樣幾乎可以用「貧民窟」來形容的老社區，當天還沒有太大的動靜。我在傍晚時分悄悄溜出家門，往哥哥家走去——這是我領到屬於自己的通行證之前的最後一次出門。

一進哥哥的家，我就發現餐桌上擺著一盒「雙黃連口服液」，嫂子告訴我是哥哥買的。

前兩天我們同時看見了一條爆炸性的新聞——雙黃連口服液具備有效抑制新冠肺炎病毒的功能。發送這條消息的不是那些以聳人聽聞的標題博取眼球的小媒體，而是謹守規矩、很少跟小道消息聯繫在一起的官媒。疫情之中，我的智力已經降到了比熱戀中的女人還要低級的水準，我毫不猶豫立刻登錄購物平臺準備搶購雙黃連，甚至都沒想到先查詢一下它的藥物構成和副作用。

一上網，我馬上發現我已再次成為購物長隊中位於隊尾的那個人——所有的網上藥房都已告罄。倒是還沒養成網購習慣的哥哥捷足先登，他採用了最原始的方法，立刻跑步下樓，到離家最近的那家實體藥房，以高價買到了最後一盒存貨。當他興奮萬分地跑回家來、準備接受最高級別的讚賞的時候，闢謠的信息已經早於他一步抵達：

經多方消息證實，未有證據證明雙黃連「可抑制」新冠肺炎病毒。

我們家唯一的一次成功搶購經驗，在還沒來得及錄入功勳冊的時候，就已經淪為笑柄。

「你哥這樣的傻子，最好騙了。」嫂子對我搖了搖頭。

哥哥瞪了嫂子一眼，我立刻聞到了焦味——那眼光可以頃刻間把所及之物燒成灰燼。除了美國總統之外，哥哥平生還憎恨兩種人：一種是在熱乎勁上澆涼水的，一種是事後諸葛亮。在他眼裡，嫂子和我是這兩個陣營裡的常駐人口。

「你懂什麼？」

哥哥用他那副可以輕而易舉製造一場工傷事故的高分貝嗓門，呵斥著嫂子，牆壁和天花板發出嚶嚶嗡嗡的震顫。

一直站在邊上沉默無語的侄子看了他老爸一眼，突然就把我那位趾高氣揚的哥哥看成了一隻小爬蟲。

「傻子太多，騙子不夠。」侄子輕輕地說。

大家一怔，突然不約而同地哈哈大笑起來，哥哥臉上那些斧鑿刀刻的皺紋瞬間從豎條變為橫條。

那晚的笑聲從這時開始，但沒有在這兒終結。那晚我們還笑了很多次。那晚的笑聲像是潘多拉盒子裡跑出來的魔鬼，一旦逃出瓶口，便以新冠病毒的速度繁衍。

不，那晚的笑還另有絕技，它不僅能通過呼吸、飛沫、氣溶膠感染，它還能通過語氣和眼神。一眼，只需要彼此看上一眼，我們就會忍不住大笑出聲。那晚的笑聲後來已經和內容脫離了干係，我幾乎都記不起是因為什麼——那晚我們只是需要笑，理由無關緊要。

那天的飯菜和平日大同小異，我也和往常一樣，幾乎沒有時間仔細品味。那些日子我難得吃到一頓新鮮飯菜，每次總是在嫂子還沒把最後一道菜端上來之前便吃飽了肚子。那頓飯用「飽」來形容絕對是詞不達意，真正準確的說法應該是「撐」，離開飯桌時我產生了一個錯覺——我的小臂稍稍移動一下，就會蹭到肚腹。

我不想坐下來，就在哥哥的客廳裡開始活動身體。媽媽和嫂子在沿著牆壁一圈一圈地行走，為了不和她們產生碰撞，我就在茶几和電視機前畫地為牢，做起伸展運動。哥哥的客廳遠比我的「蝸居」寬敞，我終於可以把每一個動作延伸到應該有的那個幅度。

正在洗碗的哥哥突然想起了早些時候他在微信朋友圈裡看見的一個說

法：今晚將遇上一個千載難逢的特殊時間點——二〇二〇年二月二日二十時二十分鐘。用阿拉伯數字表示，就是2020 0202 2020。哥哥回頭看了一眼牆上的石英鐘，發覺那個時刻已經逼近，就建議我們要搶在這時拍下一張合影。可是我們一時惶亂，竟不知如何調試手機相機上的時間顯示，於是我要來一張白紙，用黑色的炭筆寫下了如下字樣：

2020・02・02・20:20
大年初九
疫城之囚

我們戴上口罩，舉著這張紙牌，在哥哥的飯廳裡拍下了一張照片。

但是我總覺得似乎還缺了些什麼，就想起了家裡僅存的幾樣消毒用品：瓶裝的洗手液和酒精消毒液，還有那盒在傳言中奉為至寶、而在闢謠後淪為垃圾的雙黃連口服液。我們每人手中都捏了一樣道具，擺著姿勢又重拍了幾張合影。

接著大家就開始交換道具，把幾樣消毒物品在各人手裡轉來轉去。在某一輪裡我拿到了雙黃連藥盒子，我把它推到離鏡頭最近的地方，盒子占據了畫面一個最顯著的位置，白底綠框上那些「疏風解表、清熱解毒」的小字說明也能看得清楚。

當晚我們把這幾張照片晒在了家族群裡，這一齣小小的帶著點黑色幽默氣息的啞劇，博得了所有人的讚賞。

後來我多次翻看那天晚上的照片，每次依然還會啞然失笑。照片記錄了那晚的光線顏色線條和表情，照片其實也記錄了聲音。我發現我口罩上裸露出來的眼睛，僅僅只剩下兩條細細的縫隙。笑聲也有體積，笑聲侵蝕了眼睛本該占據的地盤，笑聲幾句吞噬了眼睛。

我們到底在笑什麼呢？是在笑世界的荒誕？還是在笑人類在大自然面前的不堪一擊？一場瘟疫，就能把人幾十年裡積累的理性思維和判斷能力瞬間歸零，把人盡其一生供奉的那個宅邸立時化為大大小小的二六七號牢房，把人豐富多彩的外出目的頃刻降為尋食活動，把人與人之間包含著千層萬層豐盛蘊意的交往，統統變為簡單的依存關係。我以為我們離開叢林已經一千個世紀了，一回首才猛然發現：我們和動物世界僅只有一步之遙。

「姑，你過來看。」站在窗口抽菸的侄子招呼我。

侄子是我們一家最愛讀書的人，我讀過的書他都知道，他讀過的書有一部分對我來說是天書。他也是我們家中最能分享我的幽默感的人，我們總能找到一些對別人也許毫無意義的瑣事，躲在角落裡當作兩人之間的私貨加以毫不留情的冷嘲熱諷。

「你看這個。」他指了指窗外的一座大樓對我說。

城早已是空城，街自然也是空街，樓是一座辦公樓，已經空了十幾天。路上燈火稀少，聲響還是有的，卻不是從前的聲響——從前的聲響是街聲，現在的聲響是風。我已經習慣了這樣的空寂，我不再感覺驚奇。

「標語，你看那條標語。」侄子指了指一塊從辦公樓頂一路垂下來的豎條螢光視頻板。

視頻板上的文字在從下往上滾動，全文是：「如有隱瞞，就是犯罪。」

這樣的標語應該在每個社區每條街道都有，那是市政府的防疫舉措，為的是提醒那些不懂疫情的嚴重性、不守防疫條令的市民。我也未覺得有何奇特之處。

「你沒看出來，等標語走到最後？」侄子已經對我的愚鈍失去了耐心。

我等著標語緩慢地滾動著，一個字一個字地冒上去，被視頻的邊框吞噬，再一個字一個字地從下方重現，循環往復。

在標語即將完全消失的前一刻，有一個小小的停頓，最後的兩個字固定在螢光屏上，一閃一閃，在黑沉沉的天幕之下，顯得格外觸目驚心。

犯罪……

犯罪……

犯罪……

我和侄子伏在窗臺上，相視大笑。

那天我笑得太多了，老天欠了我這麼多天的歡樂，我已經悉數討回。我不僅悉數討回，我甚至還賒了賬。最後我實在笑不動了，我笑出了眼淚。

同樣的歡樂時刻後來還發生過一次，那次是在「蝸居」之中，起因是我的一位表弟在家族群裡發的一段視頻。

那段視頻似乎發生在某個都市的馬路上，地點不詳，可能是中國，也可能是韓國，或者是日本。那是一段紅外線測溫錄像，錄下了疫情期間人們在路上行走的情景。視頻上的路人除了可以看出戴著口罩之外，基本看不清面容細節，街景和人形都只是大團大團根據溫差顯示的不同色塊，海藍、松綠、橙紅、橘黃，顏色濃烈得像梵高[②]的《向日葵》。

這些濃烈的色塊在屏幕上浮游移動，從一個角落到另一個角落。突然，我看見一個行人的身後冒出一朵紅色的雲霧。接著，又有一朵，出現在另一個人所坐的椅子之下。再後來，是一隻狗，牠揚了揚尾巴，開出一朵橙紅色的花。

過了一會兒，我才醒悟過來，這是紅外線測溫攝像記錄下來的屁。

我一生沒有看見過這麼美麗的屁，看上去和消化、排泄、肛門、臭味絲毫沒有關聯，也絕無可能產生難堪、尷尬和羞恥的感覺。那樣的畫面只能讓人想起藍天、雲彩、花朵、激情、自由、春天和夏天——那是一場色彩和形狀的盛宴。

我蜷在被窩裡，一次又一次地播放那段視頻，看一遍，笑一遍——當然不能放聲。那一刻我渴望擁有一個遙控裝置，可以讓我隨意關閉每一隻隔牆傾聽的耳朵，我只想徹底地、放縱地、肆無忌憚地狂笑一回。

我後來終於明白：一樣東西之所以引人發笑，是因為它處在了它不該在的位置。一件已經被共識歸於羞恥醜陋需要遮遮掩掩的東西，一旦被挪移到一個招搖張揚絢麗驚豔的位置，和諧的關係盡失。讓我進入狂歡狀況的，不是那些濃烈的色彩，也不是那些迷人的形狀，而是這種巨大的荒誕的錯位。

錯位是幽默的燃爆點。

錯位是歡樂的起始，而和諧不是。

這些小小的私密的歡樂時刻，真應著了一個英文說法，叫做「few and far in between」（鮮少而彼此間隔遙遠）。它們是我給自己裹上的一層虎皮，我藉著它來壯膽，虛張聲勢地應對著疫情之下的孤獨日子。每當恐懼即將把我撲倒的時候，我就揚一揚虎皮，顫顫巍巍地告訴自己：我不害怕，一點也不，我的惶恐並不是真實的。

---

① Holt Renfrew：加拿大連鎖精品百貨公司。

② 梵高：臺灣譯為梵谷。

在離去與歸來之間

大抵人生在世，和一些人相聚，
就必然意味著和另外一些人離別，
就連死亡也是如此。
死亡是和一些人的永別，
和另外一些人的永聚。
相聚和離別擱置在天平的兩頭，
一頭站著妻子，另一頭站著女兒，哪頭都重。
我們就是在一次又一次的離別
和相聚中損耗著自身，
直到把自己損耗到只剩下一把枯骨。

在〈我的分歲之旅〉一章中，我說到了正月十四是我母親的生日，原本我和哥哥商量好了，要在那天給母親擺酒做九十大壽。我們計畫請上父母兩邊在溫州的所有親戚，還有專程從加拿大趕來的先生，再加上他的母親——這兩位是我想直接帶到酒席上的驚喜。可是，新冠病毒一根指頭輕輕一捅，所有的精心安排都落了空，反而將我和先生困於溫州和三亞兩地，相互牽腸掛肚。

正月十四那一天，我一拿到通行證就直接去看母親。

那天是個難得的好天，我已經有一陣子沒出門了，走到街上，陽光很沉，像一層水銀將我層層裹住。但那重量並不均衡，裹在我頭上的遠比身上的重。我感覺腳有些輕，扛不動身子，更扛不動頭。我想在路邊的鐵欄上靠一靠，重新找回平衡。但這個想法才鑽出一個尖角就立刻被我掐滅了——我信不過鐵欄，我怕黏上病毒。

瘟疫在還沒有吃掉人的性命時，就已先吃掉了人的智力和常識。那陣子大道小道消息滿天飛，讓人心懷驚恐，覺得到處都潛伏著黑糊糊的病毒：

天上地下、牆壁、樓梯扶手、電梯按鈕、下水道口、手機殼，甚至快遞包裝盒。那陣子所有的人都嫌棄身體能夠碰觸到的所有物件，那陣子人恨不得活在一個量身定做的真空外殼之中。那陣子若能產生愛情，那愛情一定能經受得住九輩子柴米油鹽的磨損。

我哪兒也沒敢靠，只是抬頭瞪了太陽一眼，眼光大概很凶，陽光漸漸收斂了，我不再頭重腳輕，便繼續趕路。沿街的店鋪依舊關著——它們從年底到現在已經關了兩個多星期了。我沒能給母親帶上任何一樣小禮物，哪怕是一束花，或是一塊小甜點。想到我只能雙手空空地去給母親過九十大壽，內心很是愧疚。

不，我也不是完全空手的，我暗暗告訴自己。我的手提包裡有一張藍色的通行證——那是我膽顫心驚地走過一條萬里長的獨木橋得到的。假如不是母親在橋的那頭對我遙遙招手，我斷然不會有勇氣壓下那份惶恐，走出「蝸居」的門。我會任由那頭心魔將我制伏在「蝸居」之中，直到出行限制令取消，或者我的骨頭長出綠毛——看這兩件事哪件發生得更早。

我藉著母親給我的膽氣，走上了去看望母親的路，這就是我給她的生日禮物，哪怕是借花獻佛。在這個凶險的鼠年正月，活著，平安，沒有染上病毒，也沒有把病毒傳給別人，而且還能一家人坐在一起吃一頓生日飯，這已經勝過了太平年月多少場杯觥交錯的盛宴。

老天爺只肯給這麼多，我只能接受，不能奢求。

我那天去哥哥家，除了給母親祝壽之外，還有一件重要的事，需要趁家人都在時商量，那就是我的歸程——我飛回多倫多的航班是二月十二日，五天之後。

此時加航早已停飛中國航線，而依舊在上海、北京和多倫多之間飛行的兩家中國航空公司，即東航和海航，也宣布要減少航班。由於中國境內的航空公司官網和電話線早已陷入癱瘓狀態，我每天都在和加拿大的旅行社密切聯繫，詢問我的航班能否正常運行。可是那段時間沒有人可以預知事態的變化，旅行社的朋友只能幫我一天一天地查看信息更新。也就是說，在二月十二日之前，我隨時都有可能接到航班取消的信息。

即使國際航班正常運行，在目前這種出行受限、許多高速公路口子封閉的情況下，如何保證我能順利離開溫州，也將是一個巨大的未知。我需要和哥哥侄子商量一個穩妥的出城計畫。

隔離數天后剛剛可以見到母親，卻要立刻進入離別的話題，想至此我心生悲戚，一路心情沉重。

在往哥哥家行走的路途中，幾乎每一條巷口都能看見探頭探腦的貓。地面的貓跟我在「蝸居」窗口看見的貓有些不同，我甚至覺得牠們不屬於同一族群。「蝸居」窗口看見的那些貓生活在屋頂、雨棚和車頂上，大多四肢頎長，肌肉緊瘦，身手矯健，用跳躍來完成地面上那些貓的行走。而地面上的貓看起來略微豐腴，行動慵懶遲緩，也許牠們中間有些原本就是戶外放養的家貓。假如以人類的階層標準劃分，那些在地面悠閒行走的貓大約屬於「城市平民」一族，而那些跳躍於屋頂之間的貓，則更像是從一個碼頭流浪到另一個碼頭的吉普賽人。

出行受限之後，街上的行人一下子消失了，地面的貓漸漸大膽起來，活動半徑越來越大，也敢從巷子裡試試探探地走到大街上。在我經過第四個，或者是第五個巷口的時候，有一隻貓跟上了我。

那是一隻黑白相間的貓，黑和白都分布得很是地方，正是俗稱「四蹄踏雪」的那一種。腦袋大部分是白色的，有一塊黑斑恰到好處地插在兩眼之間的額頭上，虎虎有生氣。兩隻眼睛像是兩塊碩大的灰綠色的玉石，顧盼神飛。我一時看呆了。這是我一生中見過的最好看的貓，沒有之一——我從小家裡一直養貓，我已閱貓無數。

我停下，牠也停下，仰頭看著我，最終慢慢地走過來，猶猶豫豫地把一隻前蹄搭在我的鞋子上，開始咻咻地聞著我的褲腳。我蹲下來，正想撫摸牠，卻像看見了屎堆上的蛆蟲一樣，猛地跳了起來，一腳把牠踹開。

我被自己的舉動嚇了一跳。熟悉我的朋友都知道，我是超級貓控。假如十二是最高等級，我對貓的溺愛大約在十四點五。我絕不會放過與任何一隻貓親近的機會，尤其是那種懂得溜鬚拍馬黏人的情種。

可那一刻，我到底怎麼了？

是我突然想起了早上在同學聊天群裡看到的一篇文章。那篇文章用介於科學和傳說之間的手法，講到了貓狗身上攜帶新冠病毒的可能。

或許，這種在顯微鏡底下看起來滿身是嘴、像章魚也像蠍子的病毒，被未知的力量送到這個世界上，其實是另有使命的？

或許，它只是想在人的心頭築牆，然後在牆頭插滿玻璃碴，把人心變成大大小小的二六七號牢房，讓人既不敢自己出去，也不敢放別人進來？讓人防著人，也防著貓狗？然後，讓人對城生出疑心，讓城對城也生出疑心？再往後，就讓國對國也生出疑心，於是滿世界便都是堅固的堡壘，卻再也沒有可以通行的橋梁？

或許，擷取信任製造爭端才是這條毒蟲挑在這個庚子年裡來到人世間的真正使命？而擷取人命不過是它一路經過時順手捎帶的任務？

我不寒而慄。

我手提包裡那張蓋著大紅印章的通行證，像是一劑止痛藥，藥效在一路損耗。等我拐入離哥哥家約一百米的那個橋洞時，藥效已經消耗殆盡，我重新回到了臨出門時那個無比緊張的狀態之中。我臉上的惶恐，一公里之外也能看得清楚，因為我發現了哥哥小區門口的鐵圍欄和圍欄邊上擺著的那張桌子，還有桌子邊上站著的那兩個戴著紅袖章的人。

此刻的我，唯一應該出現的地方是超市，或者回家的途中。通行證是保證一日三餐和日常供應的，通行證的目的不是串門。我不能進入他人的小區，哪怕這個小區裡住著我的親人。

我拿出手機給哥哥打電話，一直無人接聽。太陽斜了，陽光不再厚重，從和暖到寒冷之間，只隔著薄薄的一陣風。

遠遠的，我看見哥哥下來了，沒穿大衣，趿著拖鞋，跟那兩位戴紅袖章的人說著什麼。後來，三個男人縮頭縮腦地站在牆角抽起菸來，原本是為了避風，但是風還是找到了他們，他們嘴裡吐出來的煙霧歪歪斜斜不成形狀。

我朝他們走過去，很遠就開始摸摸索索地往外掏信封，那裡有我的各種證件，還有那張通行證。

「你的情況都跟這兩位同志解釋過了，來看老娘的，九十歲了。」哥哥斜了我一眼，閒閒地說。

「我簽個字作證。」哥哥俯下身來，在登記簿上寫下了他的身分證號碼和聯繫方式。

一個紅袖章呵呵地笑了，問我：「這幾天身體沒什麼狀況吧？」

我果斷地搖了搖頭，把臉側過去給他，啪的挨了一下測溫槍，體溫正常，就被放行了。

走進電梯，我聽見太陽穴裡轟轟轟轟的像有人在擂鼓，過了一會兒才明白那是我的心跳——我不知道心是怎麼竄到額頭上去的。

我驚魂未定，正要伸手去按樓層的按鈕，哥哥阻止了我。他從口袋裡掏出打火機，嚓的一聲打開，冒出一朵小小的黃色的火苗。他用打火機在按鈕上輕輕一捅，再熄火，前後沒超過一秒鐘。

「這樣不用直接接觸，而且，還給後面的人高溫消過了毒。」哥哥說。

我怔住，半晌才說出兩個字：「佩服。」

這是一個我一生中使用頻率極低的詞，幾乎可以歸在我個人詞典的生僻詞類中。我能記住的，大概也就用過兩次，一次是在辛普遜的律師團把一樁鐵板釘釘的謀殺案辯成了無罪釋放時，還有一次就是在電視上看見魔術大師胡迪尼將人砍了頭後又復生。

多虧了我哥，在這場疫情中，讓我的中文和英文水平都大有長進。我挖掘出了許多常用詞尚未開發的新涵義，並讓這些新涵義扎扎實實地落地。比如英文裡的「street smart」，和中文裡的「地頭蛇」——這兩個詞用在我哥身上都很合宜。

一路進屋，我額心挨過測溫槍的地方，總像爬著一條蟲子似的讓我難受。我立刻問嫂子要了酒精棉花，在那個部位消過了毒。現在回想起來，才意識到那陣子人的神經都繃緊到了什麼程度。

母親迎過來，看著我摘下口罩，喃喃說：「瘦了，老了。」

母親每次見到我，都會說幾句關於我外貌變化的話，皺紋多了，臉色不好，胖了，瘦了，頭髮白了……哪怕我們幾個小時前剛剛見過。

母親不僅是對我，母親也對任何來訪的客人說類似的話。後來我才慢慢體會到，這就是她表示問候和關心的一種方式。

我一次又一次告訴母親這樣的話讓人聽了不愉快，母親總是滿腹委屈地反駁我：「我只是實話實說啊。」我試圖勸服她：「不是所有的實話都可以拿出來說的，實話也得挑著說。」可是沒用，一個人一生養成的習慣，那是另一個人用盡三生也無法矯正的。母親沒變，幾十年如一日地說著同樣的話，但是我變了，我已經沒有耐心去反反覆覆地糾正母親。我只是把這些話擇入一個貼著「負能量」標籤的筐子裡，放置於一個遠離我注意力的地方。僅此而已。

可是今天母親的話在我耳中聽起來與往常不同。雖然離上次見面還不到一週，但這次的分離不是太平年月的分離，這幾天裡發生過太多的事——世上的事，心裡的事。今日再見到母親，感覺已恍如隔世。我知道母親每一次說「老了」的時候，都是真話，只是這一次的真話，比平時更真。

我喉頭湧上一塊柔韌，那一刻我只想能變得小一些，再小一些，小到可以回到母親的子宮。那一刻我只想重新做一回孩子。不，我應該去除「重新」

二字，因為我從來沒有做過孩子。我在母親的羊水裡時就已經是大人。

在〈三餐〉一章裡，我已經詳細描述過了在我無法出門、對食品供應鏈產生危機感的那段日子裡，我幾乎無時不刻地感到飢餓，無法集中精力做任何事情。而正月十四那天，當我拿到通行證後第一次和家人一起吃飯的時候，我驚異地發現那絲無所不在的飢餓感猝然消失，桌上那些熱氣騰騰的新鮮菜肴並沒有挑起我格外的食欲。我坐在母親哥嫂和侄子中間，五臟六腑都妥貼地落在它們本該在的位置。這一刻，世上沒有瘟疫，天下是太平的，我感覺安定，甚至有了隱隱一絲睡意。

這時我才猛然醒悟：我的飢餓是心理病。在我困陷於「蝸居」時，我的腸胃最先知道了我的孤獨，它在不停地向大腦發送信息——它渴求陪伴。原來孤獨和飢餓在某些場合是同義詞，它們不僅意義相通，也是因果關係：孤獨可以是飢餓的因，而飢餓可以是孤獨的果。

沒想到哥哥竟然弄到了一個小小的水果蛋糕——這在出行限制令之下的城裡，真算得上是一件意外的奢侈品。我們給老母親唱起生日歌，可是那詞句和曲調如石籽梗在喉嚨口，一路磕磕碰碰地吐出來，唱的人和聽的人都覺得勉強。一個九十壽辰，竟過得如此潦草，每個人都心懷悽惶歉疚。

好在母親胃口不錯，吃了一沿蛋糕，哥哥又給她切了一沿，她也半推半就地吃下去了。我從小對乳製品過敏，不能吃蛋糕，只能看著母親慢慢地吃完了，又把一次性叉子上的奶油舔乾淨。

那晚的一整頓飯中，我都在害怕母親會說出兩句話——這是基於我對她的多年瞭解得出的合理推測。

第一句是：「都這個時候了，還過什麼生日呢？」

這話是說給大家聽的，是她對未知日子的懼怕和對已知日子的感嘆。

第二句是：「奶奶讓你吃苦了，真是的。」

這句話是說給我侄子聽的。

每次我母親來哥哥家小住，侄子都得把房間騰出來，自己搬進小書房，睡在一張很小的行軍床上。而書房又是公共領域，常有人進進出出找東西用電腦，侄子沒有個人的私密空間。對此母親總是心有不安。

往年這個時候，正是城市從正月的慵懶中甦醒過來，各行各業開始復工的時節。到此時母親通常已經回到自己家裡，吩咐重返或新雇的保姆打掃半個月無人居住的房間，購買各種食品，填滿走前清空了的冰箱，讓日子慢慢回歸到年節前的正常軌道。可是今年，疫情還看不見拐點，確診和死亡數字仍在節節攀升，復工的信息匍匐在某個遙遠的地方，連個影子都看不見。

母親還會在哥哥家住多久？除了上帝，沒人能回答這個問題。母親若住得不安心，則沒有人可以安心。

可是我猜錯了，母親沒有說這兩句話，連擦個邊的暗示都沒有。母親靜靜地吃飯，靜靜地吃蛋糕，靜靜地接受了疫情對自己生活顛三倒四的侵擾。一個在太平歲月裡常常抱怨各樣小事的人，在危難來臨的時候，卻懂得了安靜守候。

我滿懷感恩。

「我大概，十二號走，但還不知道，走不走得成。」我吞吞吐吐地說。

這話我已經藏了一個晚上了。不，應該說我已經藏了一路了，再不說，一桌的人就要散開，各自為政了。

我的歸期，還沒有跟母親詳細說過。其實，這幾年我常來常往，有時一年能來溫州幾趟，而且每一次逗留的時間都挺長，家人早已經習慣了我整天飛來飛去的行程，來就來了，走就走了，重聚和道別都已經失去了二十年多前的那種期盼和莊嚴。記得我剛出國的頭十年裡，因生計之故，也因囊中羞澀，總共才回過兩次家，每一次相隔五年。

只是，這一次，跟以往任何一次都不同。這一次我走，將會和先生在多倫多相聚，回到一個安全有序的環境中，結束一場虐心的牽腸掛肚。當然，這是我當時的預計。我完全沒想到，幾週之後，在中國發生的事，將會以加倍的殘酷，在歐美各國重演——那是後話。雖然我留在溫州對家人毫無益處，反而給哥嫂增添額外的負擔，但一家人守在一起，眼前看得見的磨難，總勝過看不見的猜測和牽掛。

母親沒有立刻回話。母親在收拾桌子，把垃圾歸置在一起，把碗裡的殘羹倒在一處，再把該洗的碗碟疊成一摞。母親的動作遲緩，悠悠的，幾乎像電影裡的慢鏡頭場景。

「走了好，你在這，我倒每天擔心。」母親終於說。

這是一隻已經知道自己的翅膀太老、再也無法保護兒女的老母雞的無力哀鳴。她希望她的兒女安好，儘管在這個時節安好也許意味著分離。

以往的離別，都是這一輪相聚的終結，也是下一輪相聚的起始。以往的離別和相聚是一個首尾相連的圓圈，無論處在哪一段，只要向前，必能遇到出發時的那個點。而這次呢？這次還會是圓嗎？這一次，我把我的骨肉親人丟在了深重的疫情之中。這一次，萬一，離別不再是圓，而是一條越走越遠的直線，我再也回不到出發時的那個點，我會原諒自己嗎？

我感覺自己是個臨陣逃脫的懦夫。龍應台在《大江大海一九四九》中書寫的種種偶別竟成永訣的場景，再一次在我的腦海中浮現。

後來的事實證明，我當時的感覺並非完全離譜。幾週之後，為了防止國外疫情的進一步輸入，中國和加拿大相繼決定對外籍人士關閉入境口岸。我和母親，還有哥嫂，最終被阻隔在大洋的兩頭，只能期待著瘟疫撤完了野之後的鬆口。病毒的壁壘已經築成，以鄰為壑的時代正在開始，而互通的橋梁卻還不知在何處。

大抵人生在世，和一些人相聚，就必然意味著和另外一些人離別，就連死亡也是如此。死亡是和一些人的永別，和另外一些人的永聚。相聚和離別擱置在天平的兩頭，一頭站著妻子，另一頭站著女兒，哪頭都重。我們就是在一次又一次的離別和相聚中損耗著自身，直到把自己損耗到只剩下一把枯骨。沒有人從死亡之地歸來過，所以我們不知道靈魂是否還會繼續行走在相聚和別離的那個怪圈之中。

我不想太早提起歸程的事，還有另外一個原因——我害怕一場漫長的道別。這次的道別太難，我只想時辰一到狠狠心扭頭就走，我不忍回首。我揣著一顆玻璃心已經活了兩週多，我不知道它會在哪個環節終於裂成一地碎茬。

但是我不得不在母親的壽辰提出這個話題，因為我的歸程裡牽扯到了太多的細節，非我一己之力能夠解決。在如此嚴峻的疫情之下，我若想順利離境，必須同時具備如下幾個條件：

1. 加拿大在此期間沒有宣布對中國關閉邊境；
2. 我搭乘的國際航班沒有在這期間取消；
3. 從溫州到上海的接駁航班正常運行；
4. 從「蝸居」到溫州國際機場沿途的所有道路關口都正常開放；
5. 在未來的五天裡，「蝸居」周圍沒有出現新冠病例，從而導致小區被徹底封閉；
6. 在未來的五天裡，哥哥住所周圍同樣沒有出現新冠病例，從而導致小區被徹底封閉；
7. 臨行那天我的體溫正常——以往我在精神高度緊張時，已經出現過數次莫名發燒；
8. 送我去機場的侄子那天體溫也同樣正常；
9. 侄子所在的單位在我走的那天早晨沒有安排他外出採訪——媒體人跟著新聞走，行蹤向來不可預見。

以上只是粗枝大葉的九條主線，每一條主線，又會衍生出多條輔線；

而每一條輔線，又會衍生出更多的輔線——這是一張細密嚴謹的網，每一條線都和另外一條或數條線緊密相連，只要其中的一條斷了，我就會困頓於其間，無法走出迷宮。

我把問題一一列出來，但是我們並沒有進入冗長複雜的討論，三言兩語之後，一家人就飛快地達成了共識：這九條，除了最後一條或許還有兩三成通融餘地，其他完全不在我們的掌控範圍之中。沒有什麼穩妥的辦法，甚至連不穩妥的辦法也沒有。唯一可做的，只有耐心等待那一天的具體情況發展，任何預測都靠不住。

於是，從正月十四起，我就進入了漫長的道別情緒之中。

我為離別做著各樣的準備工作，收拾行李，整理「蝸居」的各個角落，洗晒已經用過卻不想帶走的衣物，丟棄可用可不用的各樣零碎，讓房子儘量寬敞透風一些，省得梅雨季節到處長出綠霉。

這是我每次從「蝸居」離開時都需要做的尋常瑣事，單為這一次離別所做的事，並不包括在其列。

為這一次的離別，我花費了很多心神在網上購物，採購各樣家庭防護用品，比如口罩、洗手液、酒精棉、酒精噴灑消毒劑、來蘇爾消毒紙巾，等等等等。我想在走之前為家裡購置足夠的防護用品，不僅是為母親，為哥嫂，還有為每天在外邊跑新聞的侄子，還有為常來幫忙的一位單身姨媽。而且，我還要考慮母親最終回到她自己家中時保姆的日常所需。保姆不可避免需要時時外出購物，保姆是否有安全防護會直接影響到母親的健康。

此時國家對疫情防護用品市場已經有了嚴格管控，那些肆無忌憚發國難財的人大多已經受到了懲處。國家正在發放資金補貼一些符合醫藥標準的防護品銷售平臺，只是國家審核補貼的那些商家銷量有限，只在特定的時間段裡分地區發放配額，需要預約搶購。可是無論我提早多久等候，也無論我的手指有多麼靈泛，我一次也沒能搶上限購正品。小年輕們管這種購物經歷叫「秒殺」，但我覺得這個詞實在不夠精確，因為我可以對上天起誓：我指頭的速度絕對沒有超過一秒鐘。

在經歷了無數次勞而無獲的嘗試之後，我終於放棄了在國家推薦補助區內購物。我只能退而求其次，在汪洋大海一樣的零散商家裡，打撈我能夠信任的一家店鋪——這個過程所消耗的時間，遠遠超出了我的想像。

有過前一段時間買口罩的糟心經歷，這一次我不再隨意相信商家那些含糊其辭的產品介紹。我仔細地查看消費者的評論，和商家來來往往地發信息，核實資質和產品醫用等級。國家的整治開始出現效果，商家不敢再像先前那樣明目張膽地騙人，通常幾個來回的追問，就能問出真相。我的認真導致了一個我非常不情願看到的結果：一直到走，我也沒能買到合格的口罩。

口罩是我回到加拿大兩週之後才陸續買到的，那時國內疫情已經相對平穩，口罩市場貨源開始開放，價格基本公道，但商家總要搭配一些不一定需要的產品，比如十片口罩搭配一件類似於雨衣、並無實質用處的「防護服」，或者二十片口罩搭配兩大桶可以清洗一個地球的清潔劑。可是我已經不在乎，只要口罩符合防疫標準，我心甘情願穿著雨衣洗地球。

其他防護用品的網購過程相對簡單一些，經過幾輪性價比較，我買到了酒精消毒片、洗手液、酒精噴灑消毒劑、甚至兩大箱方便麵……這些用品其實不是用來抵抗病毒，而是用來清洗我的負疚之心的。此一別，我把母親丟給了哥哥，把哥哥丟給未知，我的愧疚是一片黑色的汪洋，沒有任何消毒液洗潔精能夠漂洗乾淨。

在這一切耗費心神的瑣事之間，我也牽掛我的先生。在經過無數通越洋電話之後，他終於以和票價相等的手續費，將他原先的國際航班提前到比我早一天出發，這樣他就能在次日到機場接我。從重疫之城歸來的我，不想坐出租車和公共交通，更不想開口讓朋友來幫忙——我不能將他們置於任何危險之中。

先生的國際航班雖然只比我早一天，但由於他的接駁行程複雜，他要比我早三天出發。這一陣子我困在「蝸居」感覺驚恐無助的時候，他是世界上唯一一個我可以放心地送上我最惡劣情緒的人。直到他臨走，我才覺得我對他的關心實在不夠。他要安排好他的母親，然後從三亞坐火車到海口，再從海口轉飛機到北京。在北京逗留一天，然後從北京飛回多倫多。在疫情如此嚴重之時，每一站、每一段停留，都充滿著感染的風險。而且，提著行李進入北京住家的小區，隨時有可能被舉報隔離。一切的一切，都是那樣未知而令人心神不寧。

那兩天我不停地給他發信息。

「把酒精棉放在外邊隨時可以拿到的地方。」

「在火車、飛機上沒洗手時千萬別揉眼睛鼻子嘴巴。」

「不要和別人同時摘口罩吃飯。」

「最好帶上自己的熟食。」

「帶皮的水果不要吃。」

……

像天底下大多數男人一樣，先生被我的叨叨絮絮攪擾得心煩意亂，失去了耐心。我深感委屈，給他發了一封信，只有三個字：

「我心慌」。

在寫這部疫城紀事時，我又回頭翻看了那段時期的微信紀錄，那些惶恐和無助的感覺，便又會一點一滴地在記憶裡復甦。我依舊會忍不住流下眼淚。

先生登上去海口的火車後，發來了一張照片：整個車廂只有他一個人。他告訴我後來終於進來另一個人——卻是查票的乘務員。他說這是部長級待遇。他還說他真想感染，卻苦於沒有機會。這是他一貫的說話風格，他只想用玩笑來抵抗銷蝕我的恐懼。

他拖著大大小小的國際行李進入北京住宅小區時，惹上了幾片警覺的目光，但最終有驚無險，於第二天平安順利地離境。

我終於放下了一頭的心。

而在溫州，我最害怕的那個告別時刻，正在慢慢逼近。

臨行的前一天，我再一次使用了通行證，由哥哥帶進了他的小區，和家人吃了最後一頓晚餐。第二天的航班很早，「蝸居」裡還有一些瑣事需要處理，我不能久留。

「媽，你一定要，在這裡住得安心。活著，比什麼都重要。」我站起身，對母親說。

這句話，這個晚上我已經說過了多遍。

我背過身去，穿上大衣，繫緊鞋帶，戴上口罩和手套。我不能扭過臉去看任何人，我已經感覺到了眼眶之中的那股溫熱。一眼，我只需看上親人們一眼，淚水就會立刻決堤。

母親叫了一聲「阿玲」（我的小名），嗓音就裂了，可是我狠著心沒有回頭。我若回頭，我再也走不動路。

我一路走到電梯，還能聽見母親的抽泣聲。母親的哭聲跟了我很遠很久，直到今天，我寫下這些文字的時候，我還會隱隱聽見她在我的耳邊哭。

直到那一刻，我依舊還不知道是否能夠走成。我唯一得到的確切信息是：加拿大到那天為止還沒有宣布對中國關閉邊境、溫州到上海的接駁航班和上海到多倫多的國際航班都沒有取消、第二天早上侄子單位沒有派他採訪任務，他可以送我去機場。九條必要條件中，我可以放心地劃去四條，另外五條依舊是未知數。

那天下午我打過電話給機場，詢問去機場的道路是否暢通，機場說這個問題只有交通警察可以回答。我給交警部門打電話，他們說這一類事情歸防疫部門管轄。我給防疫部門打電話，電話一直占線。於是，我決定放棄一切努力，把自己交給運氣。

我的航班是早上的第一班，但宵禁在六點才取消，我侄子只能在六點之後開車出門。假如路上遇到幾個檢查體溫和通行證的崗亭（我已於前一日用過了外出許可），或者一兩個關閉的路口需要繞道，我不知還能不能趕上飛機？

我心事重重，一夜無眠，很早就起來了，守在行李邊上等著侄子的電話。

侄子準點到。我們提著行李，走到門外，鎖門之前，我最後看了一眼「蝸居」，心情有點複雜。前陣子只想儘快太平逃離，而真到走的時刻，反而沒那麼急了。從前來來往往，「蝸居」只是我放置行李和歇腳的旅館，我僅僅在使用著它，卻無意去瞭解它。這三個星期我被困在「蝸居」裡，有了足夠的時間來研究它，仔仔細細地挑出它星星點點的不是。我見過了它最醜也是最真實的一面，它也見過了我的，該嫌棄的都已經嫌棄過了，不會再有意外。經過這段赤裸粗糲的磨合，我們終於可以彼此信任，相安無事。從此，它不再是旅館，它會是我在這岸的家。

車開出巷口時，天還是黑的，又在下雨。街燈隨著雨絲的稠密變換著顏色，一會兒黃褐，一會兒青灰。街上空空蕩蕩，沒有遇見一個檢查崗哨，所有的路口暢通無阻，我們以破紀錄的速度開到了機場。經過諸道繁瑣的測溫、檢疫、過關手續，在候機廳坐下時，還有大把富裕時間。

飛機準點起飛。

「再見了溫州，我的患難之城。」我透過雨霧看了窗外一眼，輕輕地說。

一切最壞的都沒有發生。我對自己說。

在後來的日子裡，每當我想起在「蝸居」的經歷，我都會對自己說同樣的話。一切最壞的都在我心裡發生過了，我已經用內心的惶恐演繹過了一整遍，所以它就不會在現實中發生。就是這種近乎於迷信的想法，讓我得到了一次又一次的安慰。我靠著想像的惶恐來抵禦真實生活中的惶恐，惶恐是我的死敵也是我的盟友，它將我置於死地而後生。

在飛機引擎的轟鳴聲中，我終於放下心來，後腦勺一靠上椅背就睡著了——這將是我這兩天中可圈可點的唯一整段睡眠時間。可惜航程太短，我只睡了四十五分鐘，飛機就開始下降。

國際航程自然也經過了同樣繁瑣的檢疫過程，但沒有出現任何意外狀況。

我上了飛機，吃過晚餐，想重複國內航班上那樣深沉的睡眠，可是卻完全不能。最主要的原因是口罩。朋友芸給我的口罩是醫用等級的，戴著睡覺呼吸嚴重受阻。我的腦子喝令我必須戴上口罩，而我的肺卻鼓噪著讓我摘掉口罩。兩邊都很凶悍，勢均力敵，我不知該聽誰的。

我渾身筋骨都緊，頭疼欲裂，可是止疼藥又沒在身邊。那一刻我進入了一種前所未有的坐立不安的狂躁狀態。我和瘟疫的私仇，經過三週的隱忍沉積，到此時終於抵達了一個隨時能炸毀一座城市的爆發點。

我坐起來，一把扯下口罩，眼前飛過一萬匹草泥馬①。我在心裡狂喊了一聲：「死就死了吧，我怕你?!」

此處我不得不略去兩百七十五個極其惡毒下流、絕對有損我形象、不宜青少年入目的字眼，這些字眼若用紅外線體溫測試儀記錄下來，是火山熔岩的溫度。
後來我終於冷靜下來，腦子慢慢占了上風。我重新戴上口罩，但卻再也無法入睡。
飛機在多倫多皮爾遜國際機場降落，我走出來，發現除了從中國來的旅客之外，竟沒有一人戴口罩，也沒有任何一個關口在測量體溫，甚至也不需填寫任何一張檢疫表格。偌大的一個機場，關於疫情的唯一提示，是一張科普廣告。從一個管控極為嚴苛的環境裡走出來，立即進入一個毫無防備可言的環境，中間沒有任何過渡，我恍恍然，一時不知身為何處。
我站在一支長隊裡等候過海關，內心在排練著一個個可能被問到的問題：從哪裡來，到哪裡去，多久，見過誰，等等等等——這已經是過去三週養成的習慣。快輪到我的時候，我的喉嚨突然感覺異樣，好像有一隻蟲子在上上下下蠕爬。我憋住呼吸，努力壓制著咳嗽的衝動。假如有面鏡子，當時我一定是滿臉赤紅，神情嚇人。
在我回到加拿大最初的一段日子裡，我一直沒能克服這種緊張情緒，一到有人的場合喉嚨就開始作祟，產生強烈的幾乎不可抑制的咳嗽衝動，而人一消失，一切立即恢復正常。

我做的所有準備都沒有排上用場。移民官看了我一眼，問了一聲何時離境的？還沒輪上我回答，他已從護照的印章上找到了答案。啪的一聲，他在我的報關單上蓋了一個印章，我順利出關。

我隨著大家一起走出海關，來到街上，等候先生的車。久別的北國陽光強烈到幾乎刺眼，我感覺到了身上那些芒刺一樣的目光，立刻醒悟那是因為我們的口罩。在加拿大，只有一些特殊科室的醫護人員和身患傳染性疾病的人才會戴口罩。同在路邊等車的旅客們彼此對看了一眼，大家心照不宣地摘下了口罩。漸漸的，便有各自的家人到來，一一接走。大隊人馬分成了無數個小塊，匯入了多倫多繁忙的車水馬龍之中，瞬間無跡可尋。

我心中深感不安。

在我抵達多倫多時，中國的疫情早已占據了國際新聞的顯赫位置。警鐘已經鳴了幾週，怎麼依舊沒有引起足夠的警覺？

一個月之後，加拿大發生的事，證實了那天我站在路邊等候先生時腦子裡飄浮過的不祥猜測——只是實際情況比猜測的還要嚴酷許多。

先生遭遇堵車，姍姍來遲。我們雖然才分開三週，以往也有過比這長得多的別離，但這次和任何一次都不同，這一次我們經過了太多的事。我不知道他還是不是三週前的他，但我已肯定不是三週之前的我了。

之前一路上想像中的情緒表露完全缺席，和任何以往的別後重聚一樣，我們很自然地進入了瑣碎平常的話題，關於晚飯的安排，關於信箱裡的郵件，關於帳單，關於稅務，關於汽油價格，語氣平靜得彷彿我們剛剛見過面，什麼都不曾發生過。

這大概就是兩個知根知底的人的相處模式，相互都在眼前的時候，哪怕外邊天塌地陷，心中也是太平的。

在當時和後來，我們都很少談及陷在溫州的那段經歷。用「歷經滄海」、「劫後餘生」來形容，即使不算狗血，也絕對有誇張的嫌疑，還是泰戈爾的那句詩，聽起來最為貼切：

I leave no trace of wings in the air, but I am glad I have had my flight.
（雖然天空沒留下翅膀的痕跡，但我欣喜我已飛過。）

那天到家，我一反平日的完美主義做派，吃過飯後，洗了一個澡，完全無視攤了一地的行李，鑽進被窩躺倒就睡，直至次日下午才醒——我不記得是否有夢。這是我一生中最長的一覺，醒來時感覺像一個初生的嬰兒，五官似乎都是新的，身上每一根神經都充滿了彈力。

雖然加拿大檢疫部門沒有任何要求，我們給自己規定了十四天的自我隔離。從自我隔離出來沒多久，加拿大疫情爆發，情況急轉直下。先是特魯多②總理的妻子蘇菲受病毒感染，一家老小十七口人進入居家隔離。總理每天在家，一邊照看三個孩子，一邊統領全國的抗疫。接著加拿大便宣布關閉包括美加和中加邊境在內的入境口岸，全國進入除必要服務外的停擺狀況，居民實行全面社交隔離（social distancing）。

在我寫下這篇文字的時候（約四月十九～二十日），多倫多所在的安大略省正在經歷至暗時期，確診人數達到一萬五千三百八十一，死亡人數達到九百五十一。可以肯定這個數字在未來的日子裡還會不斷攀升——專家們仍然不能確定安大略省和整個加拿大的疫情是否已抵達峰值。

我和國內的朋友談起這邊的狀況，忍不住感嘆我的運氣：在最不應該的時候，我糊裡糊塗地踏進了那邊的一座疫城，被困三週，陷於狼狽不堪的境地；而剛逃離了那一座疫城，卻又進入了這一座更為凶險的疫城。一切似乎都是我的錯，我走到哪裡，就把疫情帶到哪裡。一位溫州朋友聽了，就笑話我是「傾國傾城」——這是我在疫情之中聽過的最高級黑色幽默。

此刻，我們都在認真遵循社交距離。到超市購物，已經不再顧忌別人的目光，堂而皇之地戴上口罩，按照超市地上的醒目黃線，保持人與人之間的兩米距離；收銀台隔著玻璃，只收卡不收現金；身邊總有服務員，一次又一次不厭其煩地消毒櫃檯。除了必要購物之外，只要天不下雨，我們依舊會在家門口的公園散步，若遇到同樣出來「搶陽光」的行人，我們擺一擺手打個招呼，彼此選擇了另一條路徑，雙方都沒有感覺唐突和粗魯。每當我走在街上，看到公車和出租車司機，總會忍不住對他們伸一伸拇指，表示我的敬意和感恩。托起每一座疫城的，都是這樣不起眼的人，是他們使城市免於癱瘓和沉淪。

在那邊，我的故土溫州，情況在漸漸好轉。

母親已經回到自己的住處。原先的湖北籍保姆回家探親後就沒有再回來，很是巧合，母親新請的保姆也是湖北籍人，只是她在疫情期間從沒離開過溫州。她們磨合得不錯——至少我還沒有聽到太多的抱怨。溫州的大部分企業已經開工，老闆和員工都在訂單銳減的困境中，期盼著尚未可知的復甦。人們開始上街購物，在不太遠的範圍內遊走，大膽些的已經摘了口罩，更大膽些的已經開始聚會喝酒。生活如一條河流，被新冠瘟疫這把大斧狠狠劈過了一刀，水裂開一條大縫，又漸漸合攏。

而在這邊，我的第二家鄉多倫多，最壞的或許還沒有到來，最壞的說不定還行走在途中。那邊發出的警報，這邊並沒有及時接收。瘟疫悄無聲息地從洋的那頭蠕爬到了洋的這頭，在人類片刻的懈怠中猛然出手。最終人類總是要戰勝病毒的，人類歷史上還沒有出現過被病毒擊敗的例子——我總是以我的同鄉張文宏醫生的話，反反覆覆地鼓勵著自己。只是，我們最終會付出怎樣的代價？

除了上帝，沒有人可以回答這樣的問題。

儘管我們還在經歷多倫多的至暗時期，但我心中的惶恐卻在漸漸平伏，因為我在「蝸居」的經歷已經替我磨礪了膽氣和臉皮，我不再是那個猝不及防不知所措的雛兒。雖然我在多倫多也處於潛居狀態，和在「蝸居」時一樣，大部分時間被困於室內，但這邊的這扇門是虛掩著的，而那邊的那扇門上有一把無形的鎖。當一個人知道門還是可以隨時打開的時候，禁閉就失去了它的威懾力。

但這還不是最重要的原因。在多倫多的這場疫情中，我不是一個人度過，先生一直在我身邊，我有了依傍。即使還要走很黑很長很冷的隧道，兩個人可以是彼此的光和溫暖。

所以我心安。

最近的日子我每天看新聞，那個日益撕裂的世界讓我深感失望和憂患。我一次又一次地問自己：我們在這場遍布全球、遠未結束的瘟疫中到底學到了什麼？我們又從以往的災難中學到了什麼？比方說兩次世界大戰？比方說切爾諾貝利[3]？比方說九一一？再比方說薩斯？

我心中有兩個聲音爭先恐後地發出嘶吼。

那個從小接受光明教育崇尚「正能量」、被父母管教得規規矩矩的好女人說：「我們從災難中學到了親情是可以依靠的，學到了要珍重每一次的相聚，學到了在生命面前，金錢和地位完全沒有意義，學到了沒有人是孤島、悲憫和互助是共存的重要因素，學到了一榮俱榮一損皆損，還學到了光明最終會戰勝黑暗。」

可是那個一路磕磕絆絆滿身傷痕、在進入中年後開始質疑一切的黃臉婆娘卻不以為然。黃臉婆娘滿臉不屑地說：「我們什麼也沒學到，因為我們健忘。我們依舊還是一群充滿仇恨、鼠目寸光、自私自利的小人。我們依舊想把每一分錢都揣到自己兜裡，恨不得把與我們意見不合的人燒成灰燼。我們對毀壞的熱情遠遠勝過建設，我們用在撕裂上的本事遠遠強過弭合，我們用於詛咒上的詞彙比讚美豐富千倍。我們永遠，永遠，不會改變，哪怕經歷過一百次薩斯，一千場新冠肺炎。」

這兩個聲音一樣強勢一樣霸道，可是這一次我誰也沒有偏袒。我縱容著好女子，也同樣縱容著黃臉婆姨，由著她們聲嘶力竭，各說各話。我願意這兩個聲音永遠共存。只要它們都在，我就知道我尚且清醒，還分得清何為理性，何為瘋狂。

初稿 二〇二〇年三月二十四日～四月二十日
二稿 二〇二〇年四月二十三日～四月二十八日

---

① 草泥馬：大陸網路用語，與罵人的話「操你媽」諧音。
② 特魯多：Justin Trudeau，臺灣譯為杜魯道、杜魯夫。
③ 切爾諾貝利：Chernobyl，臺灣譯為車諾比或車諾比耳，一九八六年四月二十六日，前蘇聯位於烏克蘭境內的車諾比核能電廠發生事故，造成放射性物質四處飄散，該事故是歷史上最嚴重的核電事故。

每一次當我站在「蝸居」窗前看到那片天，以及河和河邊的景致時，我心裡就充滿了上帝。我覺得「蝸居」是上帝用祂的小剪子從世界裡剪出來的一小片，特意送給我的。

疫情改變了一切。疫情讓我懂得我過去之所以喜歡「蝸居」，把它想像成遠離塵世的一小片天堂，僅僅是因為我心裡明白，我手裡捏著回到世界的那把鑰匙。只要願意，我隨時可以丟棄「上帝的角落」，回到世界。而當一個人被囚禁在天堂的時候，天堂和地獄沒有區別。所以，在疫情中被困的那三週裡，「蝸居」就成了我的二六七號牢房。

疫情期間困守「蝸居」，房間的總面積，僅二十八平米。

在蝸居巷子停泊的車頂上棲居的貓，牠知道人的世界已經停擺，從人那裡接手了本該屬於牠們的地盤盡情享用。

我突然羨慕起貓的自由，貓想去哪裡就去哪裡，既不必戴口罩，也不需要戶籍和通行證。病毒和貓各挑著各的路走，兩不相擾，太平共處。假如，我能從這場大疫中安然走出，我還能寫作嗎？也許，我早就已經被毀壞了，毀壞我的不僅是這場瘟疫，毀壞我的也是我自己。

疫情期間使用的一種通行證樣本。

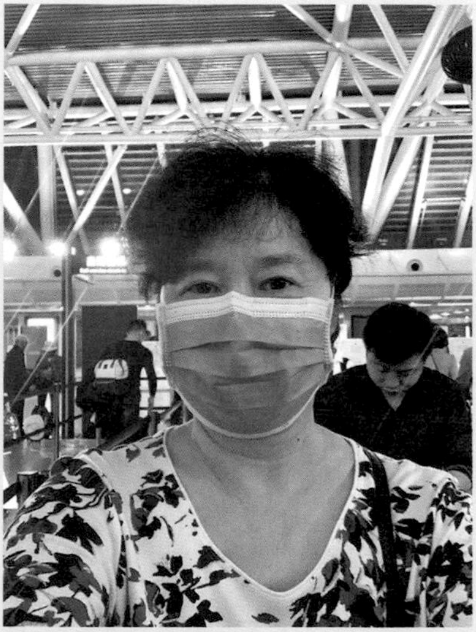

大年二十九，從三亞鳳凰機場出發前往溫州，當我戴上口罩拍下自拍照時，我覺得一切都不過是一場聳人聽聞的虛驚，一個杞人憂天的玩笑，醒來就將一切如常。

「再見了溫州，我的患難之城。」一切最壞的都沒有發生。我對自己說。在後來的日子裡，每當我想起在「蝸居」的經歷，我都會對自己說同樣的話。就是這種近乎於迷信的想法，讓我得到了一次又一次的安慰。我靠著想像的惶恐來抵禦真實生活中的惶恐，惶恐是我的死敵也是我的盟友，它將我置於死地而後生。

離開溫州時冷冷清清的機場候機大廳。

從三亞到海口的高鐵車廂空無一人。

疫中所得詩作

窗口

從窗口望出去，
天空青灰，春天走在很遠的路上。
貓在雨棚的折疊處　吼叫，
沒有通行證，並且
不戴口罩。
雨大聲說話，濺著九米長的飛沫。
鳥的爪子上　黏著泥土，
或許還有　氣溶膠。

我開窗，
聞到 憩息了一夜的
清洌空氣。
但是飄進屋來的，會有
憩息了一夜的
冠狀蟲子嗎？
它們在顯微鏡下，
其實更像
五彩斑斕的章魚，
渾身是嘴。

假如我不開窗，
隔夜的餿氣 將如慢火上燉著的肉湯
在房間裡咕嘟咕嘟地 冒泡。
堵在屋裡的，
還有憋成了煤的 黑色哀傷。

不要流淚啊，你，
口罩對眼睛說。
每一滴液體，都會毀滅我的
效績。
從被造出來的那一刻起，
我的職責就是

抑制，隔離。

能鬆一點嗎，你？
嘴巴問口罩，怯怯地，
彷彿犯了錯。
你在阻擋別人的唾液時，
你也攔截了我的呼吸，
我的胃口，
我積壓了一整個二月的
悲泣。

補習

這個春天我很吃力，
重新學習漢語。
一些詞很怪異
知道發音，也知道筆畫，
卻不知道意義。
熟詞，在一場睡夢中，
變成了生字。

比方說「哨子」，
它不再是體育老師手中的
那個金屬物器，
軍訓教官嘴裡的　那個集合號令。
再比方說，「死亡」
它和告別　已經沒有關係，
就如同「甩鍋」
和廚房或者烹飪
也不發生　任何聯繫。
還比如「咳嗽」，
從什麼時候開始，
它從動詞變成了　名詞？

它現在是一種
五彩斑斕的微生物，
顯微鏡下才看得清楚，
像皇冠，也像長著吸盤的　水母。

還有許多詞，
我不能一一列舉，
我想去質問　我的小學語文老師。
那年我七歲，她十九，
她拉著我的手，跳繩子，
辮子飛舞　嘴裡唱著
月亮和蓮花的歌曲。

可是她，卻沒告訴過我
這些詞的　這些含義。

這個春天，我也在補習算術。
我才知道，19原來不是數字，
而是一種惡疾。
404也不是數字，
而是一座（或者幾座）辦公樓的名字，
商標是一個　驚嘆號，
它鑽進手機屏幕，
撐起一把把　猩紅色的小圓傘，
哪怕天氣晴朗。

這個春天我還知道了，
人也是數字，
至少在　編排齊整的統計欄目上，
或者在　編排不那麼齊整的
火葬名錄裡。

我也想去請教　我曾經的算術老師，
但她已經去了另一個世界，
一個導航儀上沒有的　地址。
她曾擁有　長城一樣的耐心，
把幾何形狀畫成　畢加索注的素描，
把方程式講成　阿拉伯故事。

可是她也不曾告訴過我
這些數字的　這些意義。

我開始懷疑
從前的老師，從前的課本，
從前的成績。
於是　我辛苦補習，
補語文，補數學，補常識、
補小學課程，也補中學。
但不補大學，
因為我詞庫裡這些
猝然異變的詞語，

再也無法拼出那道

由一萬個腦子組合成的　高考作文題。

注　畢加索：Pablo Picasso，臺灣譯為畢卡索。

友情

很久以前，
友情的名字叫 糧票，
你從自己嘴裡給他（或她）
省一塊紅薯，半碗米飯，一根油條。
但不是肉，
肉有點遠，友情的手夠不到。

後來，友情換了名字，

叫布票、工業券、計畫票。
你把這些紙片　捏在手心，
從春捏到秋，捏出潮氣，磨出毛角，
然後　鄭重其事地交給
一位　心儀的女子，
或者　即將結婚的朋友，
讓他們去買一塊　格子呢布料，
一斤　玫瑰紅毛線。
假如他們運氣好，
甚至是一輛自行車，
鳳凰，永久，飛鴿。

再後來，友情又換了名字，
叫高考補習資料。
那時電力緊缺，書是燈，
一本書能照亮一生。
你，站在新華書店門口，
頭髮被風吹成一朵 蒲公英，
排著長隊等候 靈格風[注]課本，
然後，你在扉頁上工工整整地寫下：
「贈友人」。

再後來，友情有了很多名字，

房子，人脈，信息渠道，
提成，名額，股票，
寶馬，度假村，愛馬仕包包……
你的腦袋很大，但倉儲量很小，
你記不住，
於是，你決定不再
為名字煩惱。

直到二〇一九年的 冬季，
你被一個噩夢驚擾，
猝然醒來，才發現，

友情一夜之間換了名字，
它現在叫　口罩。

注　靈格風：Linguaphone，一九〇一年由波蘭翻譯師兼語言教師Jacques Roston於英國倫敦成立，是一間提供外語學習計畫的跨國公司。

致友人

你我的交情，說不上熱烈，
一年聚一兩次，至多三次。
一群人在一起吃飯，
在筷子和勺子的聲響之間，扯閒篇。
抱怨工作，抱怨霧霾，
抱怨家裡的瑣事，
包括貓狗，丈夫，或者妻子。
酒足飯飽之後，

平淡地　散去。

二〇二〇年正月初七，
你來看我，卻不是聚會
——那時早已沒有聚會。

城市空了，
人囚禁於　家中四壁，
電視整天開著，說著一個
關於武漢的話題。

你的車　開進我的窄巷，
路邊的窗戶上，貼滿了好事的目光。

沿途　你好像看見了
科幻小說裡的地下城，
完全陌生，
你幾乎迷路。
後來你告訴我，你有點想哭，
我卻沒告訴你，我剛剛哭過，
因為我睜開眼睛，
卻不知身在何處。

你開門，從車裡走下來，
我迎上去，
沒有握手，更沒有擁抱。

你只是遠遠地
遞給我一個　塑料包，
上面有你的體溫和　潮氣。
我接過來，也是遠遠地，
你我之間的距離，
大約是　一米。

「就這幾個了，但都是醫用的。」
你對我說，滿臉歉意。
那天你臉色蒼白，神情疲憊，
眼角有幾條　隱晦的皺紋。
你剛患過　帶狀皰疹，

而你的先生，一位醫生，
也許要奔赴另一座疫城。
十七年前，當另一場瘟疫來臨時，
他也是這樣　隨時待命。
你把他換洗的衣物　打成包，
放在他的辦公樓下。
你們遙遙地對望著，
什麼也沒說，
又什麼都說過。

那天，
病容的你　給愁容的我

送上一包　口罩。
我目送你遠去，
消失在空空蕩蕩的　巷口，
貓追著你，發出低沉的吼叫。
在二〇二〇年正月初七的那個早晨，
你的車看起來　孤單，瘦小。

這個正月

這個正月，我失魂落魄，丟三落四，
把母親丟給哥哥，
把愛人丟在天邊，
把自己丟在一個漏過水的 房間。
從床走到牆是六步，至多七步，
幸好有窗。
窗外有一條河，
很小，地圖上沒標記。

河很溫順，
不像它那些北方兄弟，
動不動就發脾氣。

這個正月我把太陽弄丟了，
到處下雨，全身都溼。
我得知，
我的骨頭有縫，滲水，
所以我站立不直，說話沒有底氣。

這個正月我也弄丟了靈感，
滿腦子都是　更像是刀子的故事，

卻沒有　能把刀刃磨平的　砂紙，
更沒有　能把線索織成布匹的　構思。
所以我只能寫些
凌亂的，不成章法的句子，
有人把它叫成詩
——那是顧及面子。

這個正月我還丟了許多　別的東西，
比如耐心，比如風度，
比如在沒有話說的時候
保持沉默。
興許，這些品德，

我壓根就不曾擁有過。
除此之外，
我還丟失了　關情緒的那把鎖
——鎖是媽媽給我的舊物，
我丟了多次，也都找回過，
但不是這次。
一個畫面，一組數字，
就能燃起一把　熊熊肝火。

返祖

這些日子我覺很少，夢很多，
在睡夢中成長，在清醒時返祖。
我變得，像童年那樣愛哭。
我已經很久不哭了，
我都不記得上一回 流淚，
是為什麼名目。

我像兒時那樣 貪戀電視，

新聞聯播、朝聞天下，
東方時空、鳳凰資訊，
每天　準時準點。
只是我不敢確定
眼淚和新聞，哪個在先。

我撿回了　小時候的愛好，
赤著腳，在地板上
做廣播體操，
為搶接一個紙團揉成的　毽子，
撞上牆壁，磕到桌角。

我還撿回了童年的電影，
《小兵張嘎》、《平原游擊隊》、《羊城暗哨》。
我覺得
我也是兒童團員、游擊戰士、地下工作者，
懷揣通行證，假裝鎮定，走過崗哨，
對那些戴著袖箍、盡忠職守的人，
努力用眼睛微笑，
生怕他們看出，
我口罩掩蓋之下　微微抽搐的嘴角。
當他們的槍　抵上我的額頭時，
我心跳，
噗通　噗通　噗通，

一街都聽得到。
我到底也沒有
張嘎子的機靈，李向陽的膽氣(注)，
我怕他們槍法不準，
一槍把我打成 高燒。

我害怕醒著，也害怕返祖，
因為 通往過去的路上，
總有一道門檻，
會走進負數。
說不定哪一天 洗澡，
順手一摸，

身後已經長出一條
毛烘烘的異物。

注 張嘎子和李向陽是電影《小兵張嘎》、《平原游擊隊》裡的主角。

兩難

「蘇菲病了，檢測陽性，
但是症狀並不嚴重。」
小土豆[注]這樣告訴　他的國民，
表情壓在一條細線上，
沒過　是緊張，
過了　就是冷靜。

小土豆在家門口做直播，

渥太華的風有牙齒，
咬在身上 很疼，
他跑回屋裡取大衣，
一隻袖子在外，一隻袖子在裡。

是誰，發明了土豆這個諧音？
經過三條舌頭，一張報紙，
就埋葬了他的真名。
有人說這是 綽號，
有人說這是 暱稱，
看你站的是什麼 陣營。
似乎沒人叫他 總理，

官銜就該留給官場，或者
政府公文。

小土豆出生時，老土豆，他的父親，
已經是一國之尊。
他一歲半，被老土豆抱著，去了中國。
也許在飛機上，也許更早，
小土豆就從老土豆的眼神裡，
看到了父親對兒子的　期許。
誰能說得準，
最初的野心，是不是在長城上萌生？
那是一九七三年的　秋季，

他在車裡看見了長安街，綠瓦紅牆，
水流一樣的自行車，
卻沒有看見 裙子。
後來，他花了整整一生，追趕父親，
他們中間，只有一步之隔，
這一步，
從前叫 氣場，
現在叫 天河。

「我們居家隔離，十七位親人，
唯一的不便，是不能相互親吻。」
這次說話的，是小土豆的母親。
十七是個什麼概念，

一個大號班組？一個微型軍營？
我立刻想到了，
土豆家族的生命力，還有一些
歡快的場景：
十七個穿牛仔褲的精子，
追逐十七個穿花裙子的卵子，
到處尋找　嬉戲場所，
在漏風的穀倉，在旅館光線昏暗的廁所，
在某輛老福特的　後座。

我被一把刀子，從正中分成兩半，
左邊的那半是公民，右邊的那半是女人。
左邊希望小土豆健康，

右邊希望小土豆生病——但不要致命。
假如他受了感染，
我拿什麼來　相信政府？
假如他未受感染，
我又拿什麼來　相信愛情？
公民和女人撕扯了很久，
一地雞毛，難解難分，
我在政府和愛情的兩難中，
丟失了睡眠。

注　小土豆是華人根據諧音給加拿大總理Justin Trudeau取的綽號。

哥哥

哥哥很瘦，
我從不敢看
他電子秤上的體重，
怕那個數字，會讓我懷疑自己得了
肥胖綜合症。
哥哥走路筆直，腳底生風，
從背後看，像個長得有些著急的　年輕人。

哥哥不戴眼鏡，
卻什麼都看得清，
小時候用磚頭，長大了用聲音，
來挑出眼睛裡的 沙子。
哥哥愛抽菸愛喝酒愛聚會愛K歌，
大概也愛 女人。
哥哥請這個吃飯，送那個禮物，
常常錯得離譜，
比如，給失眠者送上 一罐咖啡，
給糖尿病人捎去 一盒果脯。

哥哥的錢包，瘦得很快，

打開拉鍊的，不是嫂子，
而是商店的售貨員，菜市場的攤主。
哥哥家裡常年堆著
長了綠毛的柑橘，
爛了芯的蘋果，
或者面料已經泛黃的 廉價睡褲。

哥哥家的天花板 千瘡百孔，
那是他的聲音鑿下的 傷口。
多半是憤怒，
關於一個 金黃頭髮的美國政客，
關於一瓶 味道不對的葡萄酒，

或是一塊　漲了價的豬肉。
有時也是笑聲，
哥哥一笑，
皺紋像下在滾水裡的麵條，
四下飛跑，六個指頭也撈不著。
有時，則是一個驚天動地的噴嚏，
房頂刷刷掉渣，
唾沫把牆壁塗成　畢加索的油畫。

哥哥總是這樣虐待他的　嗓子，
喉嚨忍無可忍，
年年給他製造　咳嗽。

這個正月
哥哥成了一個暴君，
不擇手段，血腥鎮壓叛軍，
脖子憋成一棵　千年老樹，
額頭爬滿，一條一條的樹根。
但總有敗將殘兵，
趁著混亂　倉皇出城。
哥哥手忙腳亂，把突圍的咳嗽
收到手心、紙巾、被角，
再貼上　九十九層封條。
他知道　隔牆有耳，
他害怕　知情不報。

追問

在有些日子裡，
河不流向海，
海也不流向洋，
冬天後面還是冬天。
山不通向更多的山，
天也不連著　更遠的天。
壓在駱駝背上的，不止一根
最後的稻草。

在有些日子裡，
雨水太多，死亡太多，悲傷太多，
疑問也太多。
晴天不夠，雨傘不夠，口罩不夠，
憐憫也不夠，
仰望遠方，等來的信息，
每一條都裹著迷霧。

眼淚還沒流完的時候，
請不要急急地塞給我 那條手帕，
因為我的淚水是瀝青，

染黑整條江河，
你的手帕和善意，都遠遠不夠。

每天醒來，我都會問：
我前一夜點的蠟燭，
現在還亮著嗎？
昨晚走失的心，
今天停留在　哪座殤城？
哨子吹過的地方，
是否有了縫隙？
化成灰的靈魂，
是否說過了　無人聽見的道別？

雨還要下多久，
才會下成梅雨？
假如沒有梅雨，
假如綠色的霉斑 不爬上骯髒龜裂的牆，
還會有夏天麼？
到底要有多少謊言，
才能撫平我身上
那些根根豎立的 荊棘？

二〇二〇年二月六日～二〇二〇年三月二十四日

新人間 302

一路惶恐 我的疫城紀事

作　者—張翎
全書照片提供—張翎
主　編—李麗玲
責任企劃—金多誠
封面暨內頁設計—江孟達
內頁排版—立全電腦印前排版有限公司
總 編 輯—曾文娟
董 事 長—趙政岷
出 版 者—時報文化出版企業股份有限公司
一〇八〇一九台北市和平西路三段二四〇號七樓
發行專線—(〇二)二三〇六六八四二
讀者服務專線—〇八〇〇二三一七〇五
(〇二)二三〇四七一〇三
讀者服務傳真—(〇二)二三〇四六八五八
郵撥—一九三四四七二四時報文化出版公司
信箱—一〇八九九臺北華江橋郵局第九九信箱
時報悅讀網—http://www.readingtimes.com.tw
時報文化臉書—https://www.facebook.com/readingtimes.fans
法律顧問—理律法律事務所 陳長文律師、李念祖律師
印　刷—勁達印刷有限公司
初版一刷—二〇二〇年七月三日
定　價—新台幣三五〇元
(缺頁或破損的書，請寄回更換)

時報文化出版公司成立於一九七五年，
一九九九年股票上櫃公開發行，二〇〇八年脫離中時集團非屬旺中，
以「尊重智慧與創意的文化事業」為信念。

一路惶恐：我的疫城紀事 / 張翎著. -- 初版. -- 臺北市：
時報文化, 2020.07
面； 公分. -- (新人間 ; 302)
ISBN 978-957-13-8259-3(平裝)

848.7　　　　109008584

ISBN 978-957-13-8259-3（平裝）
Printed in Taiwan